〔日〕佐藤春夫 —— 著　　王晗 —— 译

南方纪行

北方联合出版传媒(集团)股份有限公司

万卷出版有限责任公司

© 〔日〕佐藤春夫 王晗 2022

图书在版编目（CIP）数据

南方纪行/（日）佐藤春夫著；王晗译. -- 沈阳：
万卷出版有限责任公司，2022.11
ISBN 978-7-5470-6034-6

Ⅰ.①南… Ⅱ.①佐… ②王… Ⅲ.①散文集—日本
—现代 Ⅳ.①I313.65

中国版本图书馆CIP数据核字(2022)第114633号

出版发行：北方联合出版传媒（集团）股份有限公司

万卷出版有限责任公司

（地址：沈阳市和平区十一纬路29号 邮编：110003）

印 刷 者：天宇万达印刷有限公司

经 销 者：全国新华书店

幅面尺寸：127mm×190mm

字 数：70千字

印 张：4.5

出版时间：2022年11月第1版

印刷时间：2022年11月第1次印刷

责任编辑：齐丽丽

责任校对：刘 洋

策划编辑：村 上 苟 敏

封面设计：言 成

ISBN 978-7-5470-6034-6

定 价：32.00元

联系电话：024-23284090

传 真：024-23284448

南方纪行

〔日〕佐藤春夫——著

王晗——译

目录

厦门印象

我从高雄乘船去对岸的厦门。天阴沉沉的，在港口的山上，预告暴风雨的红旗沿着旗杆高高升起。放眼望去，湾内风平浪静，但看到那悄无声息耷拉着的红旗，我不免还是有些担心，于是询问前来打招呼的事务长。

　　"是的，据说是有暴风雨要来的。不过，顶多也就是二十个小时的航行而已，没事的。现在出海的话正好可以躲过它。等我们到对岸的时候，正是台湾开始起风暴的时候。"

　　看他说话的样子，好像事先跟暴风雨商量好了似的。

作为向导与我同行的，是在这个港口——高雄开牙科医院的我中学时代的老友东君的朋友小郑。这位青年虽然现在投靠其姐姐姐夫住在高雄，但却是土生土长的厦门人。

他曾三次横渡台湾海峡，据他说那里夏季绝无风浪，因此，本对坐船毫无信心的我才坐了上来。既然已经坐上来了，我就尽量让自己安心。船开动以后，一、二等船舱的八九名船客都去了甲板上，我也就虚张声势地和大家一起，坐在了甲板的藤椅上。不知何时，一名台湾人来到甲板上，甚是显眼。——这名台湾人不是台湾少数民族，而是台湾籍贯的中国人。这种显而易见的事，在日本，被很多人弄混，因此在这里特别说明一下。

这名台湾人是一位二十四五岁的青年。船上还有许多台湾人，他之所以引人注目，是由于他那与众不同的风采。他的打扮是很符合中国人审美的时髦，上身穿白色粗麻布夏服，两胸和两胳膊处有用扣子扣着的带褶的外口袋。腰部从背后向前缠了一圈丝带，也就是狩衣①的样式。里面穿一件休闲衬衫，配黑色缎面长领带。

光是狩衣就已经很妙了，然而却不仅如此，他此刻站在甲板上，脚上穿着一双过膝三英寸②的黑色长筒马靴。说到帽子就更时髦了，他头戴一顶帽檐一尺③宽的高顶台湾巴拿马帽，里面可见油光锃亮的浓密头发，活脱一个从照片里走出来的西部牛仔。他戴着一副大大的圆眼镜，镜框是墨绿色的。这煞有介事的打扮看着多少有些滑稽，如果再配上一张快活的面孔，那多半就是堂吉诃德式的看着有些奇怪的大旅行家了。不过，不知为何，这位青年

---

① 狩衣：原为狩猎时穿着，领圆、腋下不缝合，袖口有丝带，可将袖口扎紧的衣服。

② 英寸：英美等国的计量单位，1 英寸约等于 2.54 厘米。

③ 尺：一种长度单位，1 尺约等于 33.33 厘米。

与这身打扮居然如此相配——台湾人特有的被阳光晒过的黝黑的脸上，长着实际不知是否存在的麻子，这副有点脏的阴森面孔，特别是那副大的绿框眼镜，更给人一种奇怪的印象。说起来，他像是那种侦探小说里的给人一种不安之感的人物。——而且他又是那么引人注目，要是真做了什么，马上就会被抓起来。然而，这个男人似乎是我的同伴小郑的老相识，他俩在热烈地交谈着。

"这位是台南的商人，我的朋友。"

小郑——因为这个男人只是会讲几句日语，小郑用英语——不算正式地将他介绍给了我。我接过这位台湾人殷勤递过来的名片，上面写着他姓陈。我不便再沉默，且这个男人也勾起了我的好奇心，于是我问道："你是做生意的啊？"

"是的，做生意，我做大米生意。"

他的日语即便在台湾人里也是很差的了。

"你打算在厦门长待吗？"

"嗯，常去。"

"这次打算待几天？"

"大概十五天。"

船正要出港。港口十分狭窄，船两侧不过三十多米，因此摇晃得厉害。我终于受不了了，回到船舱躺下。不久后，小郑也回到了船舱。船出港之后，还在剧烈地摇晃。

"昨晚您真是受累了……"

"昨晚好像浪很大。"

"是啊，从昨晚到今天，台湾肯定是暴风雨。我们只是受到了点余波，让你们为难了。平时夏季可是没有风浪的。不过，今年也算是躲过了。"

我一边听着船长说话，一边俯瞰乘汽艇上船的检疫官对二、三等船舱的乘客进行检疫。低一层的甲板两舷上排满了人。左边是三等舱的乘客，右边是二等舱的乘客。两侧全都是台湾人。在二等舱乘客的队伍中，刚才说的那位盛装打扮的青年赫然在列，甚是显眼。检疫官是一个身高近两米、大肚腩凸出的男人，看样子大概是个英国人。他身着白色立领制服，头戴安全帽。他来到我们所在的高层甲板，扫了一眼大家的脸，说了声"好"便走了。

检疫官的汽艇开了，两侧卷起白浪。或许是天空阴沉沉的缘故，海水的颜色像是泥水。我们的汽船再次鸣起了汽笛，将左边大大小小的岛留在身后，朝港深处驶去了。右边的厦门岛，形状渐渐清晰。穿过巨大的裸露的岩石，随处可见耸立的岛屿。在最高的一块岩石下方，有一排红砖洋房，据说那就是厦门的街市。比想象的要寒碜。左边有座大岛，据说这就是鼓浪屿。厦门岛乍一看有些荒凉，不过鼓浪屿却是郁郁葱葱。我旁边的小郑一一为我讲解着。他的父母亲人都已经不住在这儿了，即便如此，也能从他身上感受到那种归乡之人的欣喜。而我的心里则有一种旅人终于到达目的地的新鲜之喜。

驳船渐渐靠近船舷。因为风浪很大，一群小船在浪上一刻不停地跳跃着。小郑去了低层甲板，我也跟着他去了。忽然，小郑淹没在人群里看不见了。这时，那个像是从侦探小说中出来的青年小陈映入我的眼帘，小郑就站在小陈身边，原来是去找他了。小陈手里提着一个红色的大旅行箱，小郑提着藤制提篮，我提着一个黑色的皮包。小郑麻利地跳上一艘驳船，我也紧随其后。小陈也跟我们上了同一条船。和我们一样急于上岸的客人们在驳船上划桨前行，直奔岸边，又沿着岸边划向码头。岸上，石墙的底部被海水冲打着，正上方立着一户人家。墙上挂着"客栈"的大招牌。其他几乎所有房屋的墙壁上，都刷着种类繁多的烟草广告，因风雨的侵蚀已经褪了色，里面有海盗、PIN HEAD[①]、孔雀等我小时候看我家车夫抽过的烟草牌子的图案，真没想到在这里竟找到了勾起我回忆的种子。看来烟草广告仅仅画在房屋的墙壁上还不够，家家户户后面突兀的岩石上，也雕刻着"海盗牌香烟"的大字。在沿岸这些被用作香烟广告牌的成排的房屋中间，也夹杂着一些没有画广告的大房子。其中一间，在我不经意抬头向上看时，看到了美妙的景象——穿着鲜艳淡紫色上衣的中国少女，正从二楼的房间走上阳台。她看起来轻松愉快，露出灿烂的笑容望向大海。突然，她向阳台那奇怪的藤蔓花纹的栏杆外有些危险地弯下纤细的上半身，朝下面望着——

---

① PIN HEAD：即品海。是最早进入中国的国外卷烟品牌，它的英文名"PIN HEAD"本意是钉子的意思，美国烟草公司认为这个含义在中国文化里不好听，为了销量就用音译换了个好听的名字。当时售价是三文钱一支。

她好像在向地上玩耍的猴子招手——我觉得地上应该是只猴子。我很自然地觉得那就是只猴子，不知为何我会这样想。其实，地上被少女逗玩的究竟是小猫还是小狗，抑或是个小孩，我并不知晓——我正准备验证一下我这直观的猜想是否正确，我们的驳船已经驶过了那家的石墙，由于石墙太高，看不到地面上的情形了。是猴子，我心里这样断定了。我对厦门的第一印象，竟是那"淡紫色"少女逗玩的东西，一定是只猴子。这是我后来才联想起来的事。那面向大海带阳台的房子，之后我受人邀请曾去过一次，那是厦门一流的茶园——东园，那位逗弄着"猴子"的少女，就是那家可怜的服务生里的一个。

一个苦力拿着三件行李——小郑的、小陈的和我的，我们走进一家旅馆。那个看起来是旅馆掌柜的男人，领着我们去看二楼的房间。那是一间昏暗的、不通风的、六块榻榻米大小的房间。小郑和小陈在说着什么，然后小郑向旅馆掌柜说了些什么，之后再向苦力吩咐了些什么，旋即下楼。"没有贵些的、好点的房间了。"小郑简单地向我说明。于是我们再一次走上狭窄的街道，走在不足两米宽的石板路上。街上看起来很热闹，到处都是杂货店。我们走着，看到路边有挂着鱼和肉的店铺，也有的店门口挂着旧衣服，这里应该是厦门的二流街道。迎面来了一顶轿子，分开狭窄道路上熙熙攘攘的人群。上面坐着一个头戴帽子、身穿西服的绅士。

他确实是东洋人①无疑，但看起来既不是中国人，也不是日本人。乍一看像是有着复杂血统——比如说，是马来人和中国美人生的混血儿什么的……他具有学者般的清瘦风貌，须髯稀疏、

———————————

① 东洋人：在日本人看来，东洋人指东亚人，包括中国人、日本人等。

鼻梁高挺。看起来三十七八岁。

我一边走着，一边看着这与我们毫不相干的男人，小郑径直走进了一幢房子。这里应该也是旅馆。穿过二十多米细长的土屋，尽头是像会客室或是餐厅的大房间。那里摆着十多张桌椅。另外，两边的墙壁旁还摆了很多椅子。十五六个客人随处坐着聊天，或是独自打着盹儿。大房间的前面有一个看似收银台的地方，对面是"U"字形的楼梯。这间房子位于临街房子的背后——穿过那二十多米土屋，来到其背后，临街的房间和位于其背后的这间旅馆，由平坦的屋顶相连，屋顶上方有露天平台。收银台就在那个平台的下方，沿着"U"字形楼梯上来，便可到达这个平台，然后进入大厅。大厅的三面都是客房。坐在收银台里的男人给我们看了靠边上的两个房间。窗户朝着天台方向开得很大，因此房间里很亮。因为亮堂，房间里的不干净更加显眼。房间的天花板和四个墙角布满了蜘蛛网，又堆着煤，变得黑黢黢的。蜘蛛网又因为不堪其重变成一簇，从天花板上耷拉下来。一张床紧贴着墙边放着。窗户下面有一张仿制紫檀木的旧四角小桌子，桌子对面是两把没有靠背的椅子，另有两把大椅子。另外，墙正中安了一个可以向两边打开的壁橱。墙上题了五六个大字，下面是一张喜鹊牌香烟的广告，上面三色板上上海风俗的美人已经布满了灰尘——这便是这个南华大旅馆的特别优等房间。光住宿费一个晚上就要一元八十钱大洋①。最后，我们还是在这里住下了。除住宿费之外，我每天还要额外花五十钱到七十钱不等，让他们把小郑的床也安到这个房间里来。而小陈则住在与我的

---

① 大洋：即银元，指代旧时使用的银质硬币。大洋为圆形，价值相当于七钱二分白银，流行于清末民初时期。

房间隔着大厅相望的对面房间里。我的房间大概
有八张榻榻米大小，他的大概有六张榻榻米大。

按当地风俗，早饭我们就着猪肉和什锦酱菜
喝了像米汤一样的薯粥。小郑告诉我们，三个人
的早餐大概十五钱。

我们去银行把日元换成中国货币。今天银元
升值，一元钱值一日元五十八钱，于是我只换了
五十日元。我是在新高银行厦门分行换的，而小
陈去了靠近英国海关的海岸边的台湾银行。大概
是因为小陈带着那家的承兑汇票来的。虽然知道
这样不好，但是出于好奇心，小陈在换钱时，我
一边看着他数钞票，一边也在心里数着。有三十
几张——大概相当于金币五百元。另外还有几枚
一元的硬币，小陈将硬币一枚一枚地扔向柜台的
板子上，用声音辨别其真假。

从银行回到旅馆，在门口狭窄的土屋里，我

看到了一顶与刚才在路上看到的一模一样的细长轿子。我们沿"U"字形楼梯上楼时，刚好碰见刚才在路上看到的坐在那顶轿子里留着络腮胡的绅士——一个个子很高的男子——他正在用毛巾擦额头，准备下楼。因楼梯很窄，他站在那里等我们上去后再走。原来，那位气质不同寻常的绅士也住在这里。

这是入住这个旅馆的第一晚。小郑说要去鼓浪屿看看亲戚。另外，他之前就曾写信给他中学时代的同窗——现养元小学的校长小周，问那里的职员值班室能否借住，因为现在是暑假，那里应该是空着的。他说越早去越好，于是早早地便出门了。他四点就走了，到了六点，独自被留在宾馆的我越发感到寂寞和不安，于是我去小陈的房间看了看。我推了推房门，但是没推开。不过我看了看，他应该并没有外出，房门外面的锁没有锁上。那么门一定是从里面锁上的，这家伙大概在睡觉吧。我回到自己的房间，也试着躺在床上。不时有旅馆的服务员来我的房间看，应该是要来问我需不需要订晚饭的，不过，他看只有我一个人，知道我语言不通，所以就走了。我也没辙，想着小陈起来的话，就和他一起去吃饭，就这样等着等着，都有些疲倦了，小陈还是没出现。我走上天台，往"U"字形楼梯旁边的小陈房间的窗子里望。暮霭中什么也没看到。到了该点灯的时候，我再去窗边瞧，屋里虽然已开了灯，但窗户拉上了黑色的窗帘。更窘的是，这时我尿急，但并不知道厕所在哪儿。幸好这时我看到之前那位长着络腮胡的绅士，正朝我的房间窗户附近的阳台上若无其事地撒尿，我虽有些震惊，但是也像他那样做了。后来我才知道，往哪里撒都是无所谓的。解完小便之后，我实在是饿得受不了了，便朝着已经是第十遍来我房门前看的服务员说道：

"把饭拿来。"

这是我偶然记住的十句厦门话中的一句。尽管我的发音很奇怪，但是当时当地，他马上就理解了。服务员又朝我说了许多话，似乎是在问我都要点哪些菜，因为我从说第一句话开始就已经预料到会出现这样的情况，便下定决心，无论对方问什么我都闭口不答，对方自然会想着拿点什么来的。果然我达到目的了。我焦躁地独自吃完了晚饭。一直在外流浪惯了的我，此时不得不考虑起故乡的事来。

到了八点半左右，小陈终于来我的房间看了一眼。

"不思。"他对我说。我觉得他想说的应该是"不好意思"。小陈的脸认真得让人吃惊，我觉得那像是刚进行完性行为的脸。

"吃了吗？"我问他。

"吃。"他的日语让人无法确定，他的意思是吃过了，还是正要去吃。

"您应该睡得很香吧？"

他应该是没听懂，想回答也说不出。只是又说了一遍"不思"。看他的表情应该是想回避我了。我实在是太寂寞，还想跟他聊会儿，不过他已经从我的房门走开了。可是，不一会儿他又折回来，站在门口对我说：

"小郑不回来。"

"对，还没回来。"

我想，小陈想问的应该是"小郑还没回来吗"，便那样答了。

"不，小郑今晚……明天……今晚……"小陈着急地摆着手说，"小郑鼓浪屿今晚睡。"

小郑应该是事先跟小陈说了今晚会睡在鼓浪

屿。这晚，小郑果然没有回来。我一个人带着些许不安，但又因从昨晚开始便十分疲惫，于是睡得很好。

住在南华大旅馆的第二天，到了下午三点左右，小郑还是没有回来。小陈早饭和午饭都是来和我一起吃的。到了三点左右，小陈又穿上他之前那套夸张的、像是侦探小说中的服装，来到我的房间。

"我要去一下朋友那里。"他说。

我又要一个人了——我正这样想着，小郑回来了。他见到了久别重逢的朋友。小周答应把学校的房间借给我们住，明天他会派人来接我们。今天浪很大，天气十分阴沉，看来会有风雨。"台湾有暴风的话，两三天后这里也一定会起大风。"小郑自言自语道。我本对他有点生气，不过一看到他的脸，他又说见到了久别重逢的朋友，我想也不是不能理解，也就不气了。就在我们说着话的时候，窗外开始下起雨来。房间变暗了，我正准备去开灯，这时传来一边拥上楼梯，一边说话的声音，小陈带了两个人回来了，黑暗中正摸着钥匙开了门。灯一开，小陈就从外面对着小郑说话，小郑去他的房间里聊了一会儿。大概是因为语言不通，我觉得只有我被排除在外，真是高兴不起来。小郑回到房间说："我们也和他们一起吃饭吧。"

小陈的房间里摆出一张特别大的圆桌，上面只摆了四盘菜。客人是两个三十三四岁的男人。一个块头大，一个个子小而胖。块头大的那个姓谢，在医院里上班，具体是做什么的，我没有细问；个子小的那个姓马，说是在一家公司里上班。我们五个人开始吃饭。我们要了很多啤酒——大概有一打，放在房间的一角。他们喝得很多，于是我也被劝着喝了很多。只要有一个人喝了，其他人哪怕只是抿一口也得陪着喝，这是他们的礼仪。我记着这一点。因为一开始我这样做了，如果没有做到最后的话，他们便会强行让我也喝。他们渐渐有了醉意，话也多起来。那个姓谢的男人——谢、马均为台湾籍贯，但长期居住在厦门——说自己多少读过些书。谈话中，他见喜欢吹嘘的小郑把他的同行者全都介绍过了，便让小郑做翻译，向我说了许多话。他说小说是有益的东西。中国的文学也是相当不错的。他还问我："先生您对历史是否感兴趣？中国的历史非常有趣，像什么《三国志》《十八史略》《春秋》，我都读过，对里面的内容很清楚，您有什么想知道的，尽管问我，我都能回答。"这位姓谢的男人态度十分殷勤。他向我说了这么多，我要是一句话不回实在是不礼貌，于是我也说了些话，他一个劲地"是、是"地应和着，过分客气了。不只是对我，他对别人也是如此。小谢向每个人说了一圈之后，已经醉得差不多的小马，像是要与卖弄学识的小谢对抗似的，说道："我虽没读过什么书，但我什么都知道。像厦门什么地方有什么样的私娼啦、什么人家里有什么样的艺伎啦，关于这方面的，您尽管问，我什么都能回答。"说着说着，小马笑了。小郑把他说的话翻译给我听了，我也笑了。于是，小谢对我说："今晚一起去听艺伎唱歌吧。放心吧，我不会带你去粗俗的地方……"

当然，我拒绝了。本来就不嗜喝酒的我有些醉了，已经不想再动弹了。不过，他们是真的想带我一起去，为了让找各种理由推辞的我出门，他们到我的房间将我的上衣、帽子、洋伞都拿出来，硬拉着我出门了。不过，即便我不去，他们也会去的，比起一个人被留在房间里又不安又寂寞，还不如跟他们一起去，看看他们是怎么玩的，最后，我这样决定了。大雨中，我们小心翼翼地走在石板路上，以防滑倒。不久便来到了一幢并不远的房子，这是一家娼馆①。她们一点儿也不漂亮，歌唱得好坏也与我无关。我斜靠在房间一角的床上，用一只手支撑着横着的身子，嗑着三五个女孩一把一把递过来的瓜子，百无聊赖地看着小陈他们。他们让女人们唱歌，却不听，让其他的女人坐在他们的腿上，又将她们驱走——此时此刻，我深切地感到自己是一个异乡人。我想我脸上应该露出了不悦的神情。可能是出于为我考虑，他们不一会儿便说要回去了。

外面的雨变小了，不过风却更大了。这次，

---

① 娼馆：即妓院，最早出现于春秋战国时期。1949 年 11 月 21 日，北京市第二届各界人民代表会议通过决议，决定封闭全市一切妓院。就在当天晚上，北京市人民政府下令执行这项决议。到 1952 年，娼馆制度在新中国彻底被废除，妓女也自此销声匿迹。本书则写于 1920 年，彼时尚残留娼馆和私妓。——编者注

他们并不与我这个异乡人搭话了，而是用他们自己的语言——自然是我听不懂的语言交谈着。到了南华大旅馆门前，我以为大家都会回到那里，结果他们站在大门口一直不进去。我一边收起洋伞，一边催促着小郑，一个人走进了那个狭长的土屋。小郑用我听不懂的话向他的同伴说了几句话，便跟在我后面进来了。我们走上"U"字形楼梯，回到了房间。我的酒已经完全醒了，我将自己疲惫的身子坐在床上，感到屋里空气潮湿，立马脱去了上衣。可小郑却不知为何，直直地站在门旁，脸上露出不平静的神情。过了一会儿，他说道："你一个人睡吧。"

"那你呢？"

"我得出去一下。因为他们说在等我。我马上就回来。"

小郑说完这些立马就出门了。今晚，我依然

带着不安的心情，在语言不通的人中间睡下。一想到这些，我就对小郑那不为别人着想的做法有些生气。本来，我也没想着要跟着他们去哪儿，我也认识到他们想避开我。但即便如此，小郑仍是一个不懂得体谅别人的人——一个没有想象力的人。说到底，缺乏想象力是对人不热情的重要原因。在这从未到过的地方，身边连一个认识的人都没有——因为今天小陈也不在——再加上语言完全不通……如果这样他还是认为不要紧的话，那么在对日本人如此反感的此时此地……我这样想着，感到酒后变得更加神经质的自己的这些想法难以应付。——其实，如果现在谁悄悄潜入这里，不，就算是大摇大摆地闯入，找我要东西——例如要钱的话，我是一分也没有。我信任小郑，信任那个很难信得过的小郑，把我所有的钱都托付给了他。此时因为双方语言不通，无法判断对方的来意，就算我被杀了，尸体被扔进海里，在厦门也是完全没有办法的事。如果有办法的话，我也就不会被杀了……我歇斯底里地这样想着，连因有事来到大厅的服务员大嗓门说话，我也觉得是在骂我。不知道他是不是真的有事，显然他不会轻易离开，他在继续骂着。我试着入睡，想从这种妄想症中逃离出来，但是神经却越发紧张，越来越清醒了。翻身的时候感到背被什么东西硌了一下，非常疼痛。用手摸了摸，床上的凉席上，只在我被硌的地方凸出来一块。我觉得奇怪，便起来了。我打开之前因觉得太亮会睡不着而关上的电灯，将凉席卷起来看——一截圆圆的碎骨头露了出来。我仔细看了看这意想不到的东西，应该是猪的脊骨。这一定是服务员或是别的什么人的恶作剧。在厨房附近逗狗的家伙，看我是个日本人，所以做了这种怪事吧。我用脚将这令人讨厌的东西踢到床底下。再次关了灯，想着日本人在这儿是多么不受待见——就在昨天散步的路上，街道尽头的墙壁上写着"青岛问题，普天共愤""勿忘国耻"的涂鸦，还有抵制日货的"勿用仇货""禁用劣货"等；还有一边说着"这家伙是日本人"，一边来撞我的醉汉……

感觉外面的风雨越来越猛烈了。我终于有了些睡意，这时，床帐里飞进一只蚊子。

中国的床，正面垂下来的冷布就是蚊帐。我把蚊帐打开，用脱下来的上衣扇蚊子，想把它赶出去。我特别注意到两边蚊帐的重合处，为了不让其松弛，我还拿包压住了其底部，因为我觉得蚊子就是从这缝隙里钻进来的。我做完这些再次躺下。不到五分钟，又有一只蚊子在我耳旁嗡嗡直叫。为了确认它们是从哪里飞进来的，我站起来查看床的各个角落。

原来，顶部的冷布——因积灰而变成灰色的

冷布，已经破得到处是洞了。我放弃将蚊子赶出去的想法了……不知到了几点，我终于睡着了。又被门口那牢固且粗的门栓咔嗒咔嗒的声音吵醒。

"是小郑吗？"

"是我！"

我开了门，一句话也没说，就又躺回去睡觉了——我不想和他说话。枕边的怀表显示已经是凌晨一点半了。地上还扔着刚才的猪骨头。

第二天，养元小学的校长小周冒着小雨来了。他是小郑的同窗，还是二十四五岁的青年。在这个小地方，中学毕业就已经算是个相当不错的学者，因此，这个年纪也能当上小学校长。我们搬出旅馆，去住他们学校的房间。昨晚睡在外面、今天下午才回来的小陈，好像已经与小郑商量好了似的，不过什么都没跟我商量过，就打算也和我们一起去住我借的房子。他还是穿着那一身引人注目的衣服，拎着行李箱，跟在我们后面一起去了。昨晚下了一晚暴风雨，今天风停了，乌云散去，雨也停了。坐在前往鼓浪屿的驳船上，我一边斜眼看着小陈，一边对小郑说："天气好的话，我们出去转转吧。不出去转转，这日子可就都浪费了。"

"是啊，是啊。"小郑说道。他露出一种过分认真的神情，我反而看出了他那为难的内心——这也是因为我们相互为外国人的缘故吧。

不过，小陈没有和我们一起在养元小学住下。他只是把他的行李箱寄存在那里，便立马不知去哪儿了。那天晚上以及第二天晚上都没回来。

"小陈去哪儿了？"我问小郑。

"我不知道。"小郑答道，"不过，他肯定是去了上次我们去的那个地方，他好像很喜欢那个女人。"

"哪个女人？"

"前几天的晚上，你没去的那个娼馆的女人，是个私娼。我是绝对不会住在那种地方的。我只是和他们一起喝了酒，就一个人回来了。"小郑解释道。

小陈不在之后，小郑成了我的好向导。小陈自那以后再也没露过面。我又想起小陈，再次向小郑询问道：

"小陈到底在干什么？已经很多天了。"

"不知道。"小郑答道，"不过，肯定是在那个私娼的窑子里吧。"

"在那里住那么久吗？"

"是的。他肯定在那儿。他肯定一直睡在那儿——他还抽鸦片①。"

---

① 鸦片：俗称大烟，明朝列为藩属"贡品"，作为药物，清初传至民间。因其毒品属性，早在1729年雍正皇帝就下令禁止，此后多位皇帝一直强调禁烟。19世纪，英国商人为弥补中英贸易逆差，从印度向中国走私鸦片，最终导致两次鸦片战争。鸦片战争的失败导致鸦片和其他毒品问题无法根治，直到新中国成立后，鸦片才被消除。——编者注

听了小郑的解释，我想起在南华大旅馆的第一晚，小郑留我一个人在旅馆，小陈房间的门整整关了半天，然后他带着呆滞的表情朝我的房间里看，当我无意中问他"您真是睡了个好觉啊"时，他一脸茫然，听不懂我的话的样子。这一切都有了解释，小陈的秘密我全都明白了。

"厦门有很多鸦片馆吗？"

"到处都是。"

"我想去看看——能去吗？"

"你要抽吗？"

"不抽。我只是想去看看抽的人。"

"下次带你去看看也行。要是觉得哪里怪的话，默默进去就行了。要是去错了地方，被对方问是来干什么的，回来就是了。只是不大会找的话，就要走很多的路，而且那里很脏。有家的人都在自己家里抽；没有的话，去私娼的窑子里抽。

在鸦片馆抽的，都是无家可归的人，他们全都衣衫褴褛、睡在地上。在那些睡着的人中间，地上、墙上，全是吐的痰和唾沫。小郑为了弥补英语词汇的不足，还皱着眉模仿朝地上吐痰的动作给我看。于是，我又问道："你去过吗？"

"嗯，去过一次。只是看了看。一进到那里便开始头晕目眩。"

小郑做出目眩的表情。

就在我们说完这些话的两三天后，小陈竟出人意料地提着个小包，回到学校里来了。他好像把学校里的那么多房间一个一个找遍了，却没找到小郑，只找到了我。一看到我便问："小郑在哪儿？"

我把小郑找来，他把那个小包交给小郑保管，便又走了。在那之后，我再也没看到过小陈。因为在那之后的一个星期，他再也没有回来过。小陈的大小两个包，就那样一直放在我们借住的房间一角——我们也不知道，里面装的是什么……

回到台湾高雄，每当想起台湾青年绅士小陈那滑稽的服装、令人害怕的殷勤态度和他那过度放纵的行为，我总要向小郑询问：

"小陈怎么样了？"

"我不知道。"——小郑一定这么回答。

不知这是第几遍想起他，我又问小郑：

"小陈已经回来了吧？"

"我不知道。"

在听小郑说完"我不知道"的两三天后，小郑像是忽然想起来似的，从口袋里掏出一张明信片给我看。说：

"这是台南的小陈的妈妈寄过来的。"

我大概看了看那用中文写的明信片，说道：

"他妈妈在担心他吧。她是在打听他在厦门的住处吧？"

"是的，是的。"

"你给她回信了吗？"

"回了。回的'我不知道'。"

如前所述，小郑不懂日语，因此他这句"我不知道"，是用英语"I don't know"说的。可能因为说的是英语吧，再加上他说了好几次，这句"I don't know"，总让我觉得他其实知道，只是故意隐瞒罢了。——当然，事实并不是如此。

我对厦门的印象，就如同十多年前读过的侦探小说，大部分的故事情节已经忘记了，只记得一个碎片。

章美雪
女士之墓

小郑说他要去中国交涉署①办点事，问我要不要一起去。他要办的事是：他作为我的向导，与我一起从台湾高雄回到了他的故乡厦门鼓浪屿。当我俩要再回台湾时，必须取得中国交涉署的渡海许可。在中国交涉署只要交上三元手续费，两三天就可以办好。因此，我们选择去中国交涉署申请渡海许可证。他拿着一张小的快照照片，据说是昨天照的。

①　交涉署：民国时期，国民政府外交部或地方行政当局在边境省份、外国人集中侨居的城市和有租界的行政区内设立的专门负责处理外事、侨务、海关、出入境工作的机构。

早上十点的话还没有那么热。

到鼓浪屿也有一周了，虽说每天都在这里散步，可还是摸不清这儿的道路。因为这里的路几乎没有直的，本是打算往东走，却不知何时道路已经拐向了西边。林木土的家就在眼前，本想走过去看看，结果走着走着，路弯弯曲曲，离林木土家越来越远。路像迷宫一样。因此，我们是怎么走到中国交涉署的，我是一点儿也不记得了。

登上带有铁扶手的二十级石阶，有一道大门，那便是中国交涉署。大门旁有一块小空地，金丝网后养着一只白鹭，它落寞地待在一个水看起来微温的四尺见方的水泥做的水池中央，池子里的水很浅，只有两三寸。——厦门和鼓浪屿的这个海湾之前被叫作鹭江，现在不大能见到这种鸟了。反而是在台湾，能看到白鹭成群飞过。取而代之的，是这鹭江上的老鹰。就在两三天前，我们要去游览南普陀。坐上驳船时，在那路头近水的岩石上有一只大鸟，正看着退潮的漩涡若有所思，我问小郑那是什么鸟，小郑连看都没看我手指的方向，便回答是 hawk。看他回答的样子，我便知道，这种鸟在这一带绝非稀奇。

就在我看白鹭的时候，小郑的事应该是已经办好了，看他从接待室里出来了。我们下二十级台阶时，他说：

"我们顺便在这儿散散步吧。"

现在并不是适合散步的天气，也不是散步的时候——马上就是正午阳光最强的时候了。小郑因为长在南国，好像并不怕热。

"好啊，如果是在凉快一些的地方的话。"我答道。

于是小郑沉默着继续朝前走——到底是外国人，沉默时他内心的想法并不好读懂。我们走在如之前那般非常难认的路上，走着走着，我们来到直通海上悬崖、树木丛生的坡道上。外国人常说"厦门是地狱，鼓浪屿是天堂"。还有鼓浪屿的景色在中国沿岸的风景里是最佳的说法。今日走在这林荫路上，感到确实名不虚传。树木间阴凉昏暗，而对面的厦门街市却暴晒在阳光下，红砖造的街市与青山绿水形成鲜明对比。水上悠然漂浮着许多小驳船，往返于厦门和鼓浪屿之间，凉风习习。这道路看起来平时并不被使用，路上没什么人。我们脱了外套，走走停停看看。不一会儿，走在前面的小郑穿上了外套，我便也穿上了。因为前方再无树荫，都是阳光直射的道路。阳光直射下，不穿外套反而更热。小郑一边穿着外套一边说：

"前面不远是基督教徒的墓地，去看看吗？"

"去看看吧。"

从那满是树荫的坡道转了个大弯，来到一个一棵树都没有的秃山顶。眼前是零星的几百座墓碑。

因为此地盛产石头，墓碑都是由花岗岩制成的。其中一座墓碑上写着"基督女徒蔡门车氏寝室"。我好奇这墓的主人是谁，看了看碑上的字，上面写着"寿七旬"，原来是位老太太的墓，这墓碑是她的孙子为她立的。上面刻着"侍主复临"。

这些墓碑的上方，都刻着镀金的"十"字。小郑在那堆墓碑前，又带着他那惯有的让人捉摸不透的表情，沉默地踱步，环顾这些墓碑。突然，他停住了脚步，指着路旁的一座墓碑说：

"这是黄先生未婚妻的墓。"

"黄先生？黄先生是谁？"

"黄先生是我的朋友。你也认识的吧。"

小郑说道。我从口袋里掏出记事本和中性笔

递给小郑。我想"黄"一定是中国人的姓，光听发音我不知道是什么，写成汉字应该就明白了。小郑在记事本的一页上写了一个"黄"字。然后在黄下面写了"祯良"二字。

"啊，我知道了，是那个牧师的儿子吗？之前还和我们一起散过步的那个……"

"是的，就是那个小黄。这个姑娘很美。这一带稍微有点脸面的人都是基督徒，这个姑娘在基督徒里是最美的。她是在乘船游江的时候掉进水里淹死了。这已经是四五年前的事了。"

"那个姑娘当时多大？"

我看着那精心磨制的、如大理石般散发着光芒的墓碑上的文字，问道。小郑也看着墓碑上的字，说：

"应该是十四五岁吧。"

"那当时黄先生多大？"

"他今年二十二岁，所以当时应该是十七八岁吧。他当时非常伤心。"

我和小郑在炎炎烈日下站在这群墓碑前，用双方都不流利的英语进行这样的对话。我想起了那个只见过一次、话并不多的温柔美少年，他那平静背后隐藏的忧郁，想必就是四五年前的这件事留下的痕迹吧。小郑讲这事时只短短说了句"他当时非常伤心"，听起来像是离自己很远的事情。

十七八岁的少年突然失去了十四五岁的未婚妻，这个事实让我感到一种童话般的哀伤。于是我打开从小郑那儿拿回来的笔记本，翻到新的一页，抄下了墓碑上的文字和图案。这座墓碑的上方也像其他墓碑一样，刻着镀金的"十"字，但在这十字架周围，还别具匠心地装饰着像是用细绳组成的对称的线，外围上方还对称地点缀着五个金色的星星，这些无不显示着还活在世上的人对墓中人的爱。上面刻着几个镀金的大字"章美雪女士之墓"。连文字都镀金的墓碑仅此一座。文字右上角写着"生一九〇二年"（不知为何，我的笔记本上只记了年，漏记了月日），左上角与"生"相对，写着"卒一九一六年七月三日"——我边往笔记本上记，边想着正是五年前的这时候。出生年月日的下方，稍外侧的地方，用稍大些的字刻着"女非死乃寝耳"。与之相对处刻着建碑者的名字，是这位没有死、只是睡着了的美少女的父亲的名字。

我按照右侧文字的位置，原封不动地将其誊写在笔记本上。不经意间，我看到墓碑底部，寸草不生的发红的土地上，一朵直径约二寸大的野蔷薇，盛开着白色的花朵。别说树丛，这片墓地上连杂草都没有，这悄然盛开的野花令我诗兴大发。也正因为如此，在我想象的世界里，章美雪女士的确是一位可爱动人的少女。

"这花在中国叫什么？"

"啊？日本没有这种花吗？"小郑反问道。

"不，有很多。但是没有这么大的。"

"不知道它叫什么，不过它的果实叫野柿子，到了秋天可以吃。"小郑回答道。

我们离开那片墓地，顺着那片林荫路，我跟在小郑后面，又走上一条没有走过的路。

这条路也是树木众多的林荫路，道路两旁散落着几幢带庭院的别墅。这是一条弯弯曲曲、斜向上的坡道。道路的一部分有一块巨大的岩石突兀地耸立着——鼓浪屿上有很多这样耸立的巨石，每一个都有自己的名字。这块巨石脚下，有一座中西结合样式的房屋，非常引人注目。我停下来，眺望着这座房屋。

房屋门前挂着的匾额上写着"瞰青别墅"，另外，在石门旁的柱子上，写着一副对联——

此地有人长寄傲

问天假我几何年

这对联是否精妙我不知道。只是，从章美雪女士之墓到这儿，我一直若有所思，便把这副对联也抄进笔记本了。

集美学校

厦门是一座海岛，包围这座海岛的海湾叫鹭江。厦门岛北边，隔着鹭江有一个叫"集美"的贫穷小渔村。

四五年前，这个小渔村在厦门地区突然有名起来，就是因为集美学校的建立——应该只是简单地用"集美"这个地名取的名字，但集美学校确实是个好名字。这所学校虽然是私立学校，但是集小学、中学、工业学校、师范学校、高等师范学校、高中、女子高等小学为一体，之后还要在厦门有名的寺庙南普陀附近的很大地区——这座寺庙我曾去参观过，去的路上有一片满是石子、无一棵树、杂草丛生的荒地，我在炎炎烈日下，在那段路上走了许久，没错，应该就是在那里——建有商科、工科、文科的大学。听说从今年起已经开始招生了。这个如此大规模的私立学校，完全是个人经营的，经营者是中国人——陈嘉庚、陈敬贤两兄弟。据说他们还是三十五岁左右的年轻人。

正如清末民初战乱时，为躲避饥荒，福建省——尤其是厦门附近、漳州、泉州的农村有许多人纷纷搬去台湾一样，现在许多人"下南洋"经商或定居，厦门的客栈里总是有许多这样的人——也就是所谓"华侨"，在等着去南洋的船只。这些人中的大部分，别说是去南洋的船费，就是客栈的住宿费也都是没有现钱支付的，他们把不知道能否拿到的被雇用的工资抵押给介绍人——现在已经成了一种职业——他们从介绍人手中像牛马一样被卖出去，这样渡海而去。年轻力壮的人们用这种方法争先恐后地渡海。没能渡海而去的下等人民甚至被称为"废人"。还有人说留在厦门的苦力，力气也只有别处苦力的一半。因此，在南洋地区，厦门方言也就成了苦力间的通用语言。这些华侨里终究有人能积累巨额财富、衣锦还乡，但一千个人里面只有一两个这样的人。在与厦门岛遥相呼应的小岛——现已成为各国共同居留地的鼓浪屿上，在其风光明媚之处——或是近海的山的背面，或是可以俯瞰海洋的巨石脚下，或是可从树梢缝中远眺厦门街景的高地，均有顺应地势而建、讲究风雅的、向公众开放的庭园。在这些庭园旁边，有许多时尚的西式或是中西合璧的别墅，这些别墅的存在使得鼓浪屿全岛看上去像是一个公园，别墅的大半都是这些成功的华侨建造的。这些随处可见的别墅更激发了当地人下南洋的热情。一天晚上，我进入别墅的庭园一览其风景。那是一个月夜，我在海边散步，正好经过一座别墅的庭园，这条仅能过人的道路，是一个人造的洞窟，出了洞口有一个两间房子长的石桥，走上石桥，夜间凉气中飘浮着莲花的清香。这座庭园的主人并非下南洋的苦力，但据说也是在南洋做什么取得了成功，马上就是他六十大寿，为举办宴会，他从广东拉过来烟花，请了上海的戏班子要在这庭园里唱戏，白天正忙着准备看台。又一日，我又参观了一座名为"观海别墅"的庭园。园如其名，建在海角，马蹄形的庭园周围是像炮垒般带枪眼的墙。为了观看打在墙外侧的海浪，墙内侧建了一条两米宽的水泥人行道，约有三百米长。庭园里多花，给人一种明快之感，那里有三四个男人正在修剪草坪。带我来的是这家主人的熟人，主人招待我们在乌木、紫檀和大理石建造的客厅里喝茶。这家的主人白手起家，现在已有三百万元的财产，也是华侨。他看上去年近五十，身体健壮，性格爽朗。一对不满二十岁的青年，手持球拍从客厅前的阳台往庭园走去，据说是这位主人与其南洋土著的妻子所生的混血儿。这座"观海别墅"的主人，现在在南洋有几家制糖公司。我们的闲谈越来越深入，谈到创办集美学校的陈家两兄弟，便是这类华侨的儿子。传言他们的父亲原是苦力，后来积累了巨大的财富。父亲死后，陈家两兄弟继承了遗产，不久便创办了集美学校。或许是因为学校所有者的父亲是在南洋发家致富的，这所学校主要是对华侨子女开展教育。学校的招生简章上写道，学校在爪哇、新加坡、厦门三地设有入学考试的考场。

陈氏兄弟计划投资一百五十万元创办学校，

到目前为止，校舍的建设及其他方面已经投入了近六十万元的费用。他们又免费或只是象征性地收取少许费用，为各类学生近五百人提供宿舍，这些学生每月近两千元的生活费，由陈氏兄弟负担——因为这里生活费很便宜，我记忆中大概是这个数字，可能不太准确。同样，创立费一百五十万元，从日本的物价水平来看，可能相当于更多的钱。这里的建筑费及买地皮的费用都相当便宜，因此，投入这么多创立费足以建成一所设施齐全的学校了。所以，集美学校不但在当地，而且在全中国都是十分稀奇轰动之事。因此，常有游客来参观集美学校。对公共事业没什么兴趣的我，却觉得去看看也无妨——集美就在水对面，距离不算远，我们打算坐船去集美一日游。

飘扬着旗帜的军舰拉响了号角。我们的小船从它旁边驶过，向集美方向驶去。

"大概三个小时，正午之前我们可以到达集美。……厦门风气不好，所以要想教书育人，必须得在乡下，所以学校建在了集美。因此，学校有两艘船，每周六下午，老师带着学生们回厦门。我有两三个中学同学在那里当老师。"在带有遮阳篷的小船上，小郑为我做着介绍。然后，他指着西边云雾缭绕的山脚方向，说："去年春天，那一带经常发生战争。从厦门、鼓浪屿经常能看到炮火，有时还能看到士兵。那座岛叫宝珠屿，因像珠子一样圆而得名。快看，那座小岛上有一座塔。从鼓浪屿也可以看到一个有塔的山，那山叫南太武山。山顶上有一处非常不可思议，有一块巨大平坦的岩石，无论下多么大的雨都不会落到那岩石上。我有时也会去看，偶尔遇到下雨，那岩石确实神奇，周围的东西全都淋湿了，就是那块石头一点儿也没湿。并不是因为岩石上有茂盛的树木或是别的什么原因。虽然看着雨从云里落下来，但只要站到那块岩石上就淋不到雨。……有鹭江八景这一说，我来告诉你吧。快拿出本子来记……"

小郑与其说是健谈，倒不如说话有点多。他让我从口袋里掏出笔记本，一边回忆着，一边在我的本子上写下鹭江八景的名称：鼓浪洞天、白鹿含烟、虎溪夜月、凤山织雨、金鸡晓唱、龙须土桥、万石洗心、云顶观日。其中白鹿是洞名，还有凤山寺、金鸡亭、龙须亭。鼓浪洞天是指鼓浪屿最大的岩石——日光岩。其余三个景点也是厦门各处突兀耸立的巨大岩石的名字。昨日，我因没坐上小汽船，要比原计划晚三天到漳州，作为预备知识，我拿出笔记本，请小郑为我介绍漳州的事，我先写在本子上。听完他的介绍，我想到，应该趁自己还没忘，把自己到厦门以来的事记下来，于是开始在笔记本上奋笔疾书。船已经驶过小岛众多的地方，我对水景也有点看腻了，正好写日记，以排解无聊。掐指一算，到厦门今天正好是第八天，但感觉行程实在是太紧，我竟忘了这仅仅八天里很多事的顺序。多亏一起行动的小郑在旁边帮忙回忆，我才把这八天的短日记写完。此时，抬眼一看，集美的沙滩出现在我们小船的前方。其对岸稍远处，随着小船渐渐驶近，可以看到大屋顶的一部分显现出来，最后，在晴空下，终于看到一排长而大的密集的红砖建筑。这便是集美学校。

"下午两点会退潮，我们尽量在那之前赶回来。退潮时这个海滩的水太浅没法停船，我会把船停到对面那个稍微远点的海滩，在那里等你们。"

船夫说了这些，小郑向我解释道。我们走在散发着海水气息的道路上，匆匆赶往那排红砖建筑。那是两栋大的双层建筑，外侧还有几座错落有致、高低不同的房屋。这儿比东京那些怪异的私立大学的校舍要宏大得多。走进红砖造的校门，因是暑假，我原本以为校舍里会很寂静，结果在走向教师办公室的途中，看到附近的大楼里稀稀落落地有一些青年。原来学校的青年会今天要在这里举行基督徒联谊会，从厦门来了很多牧师和其他基督徒。其中一个青年与小郑交谈起来。他们看起来很熟，两人谈了五分钟左右，他便马上领我们去了别处。

他领我们去的地方，看样子应该是宿舍的食堂。这些南洋打工者的孩子们放假也没有回家，中学一、二、三年级的少年大概两百人，还有一些更大一点的青年，正在吃饭。领我们过来的青年让我们加入食堂一角的一张餐桌，与同桌的两三个少年低声耳语了几句——感觉他说的应该是：

"他是日本人，不过你们可别讨厌他。他是来参观学校的。你们可要好好吃饭。"然后他转向我们，用尊敬的英语说道："请慢用。"便起身离开了。我感觉到同桌的少年及附近桌的少年在偷偷看我，不过我还是先仔细看了看桌上的饭菜。桌上有两个大盘，一盘是豆芽，一盘是猪肉炒魔芋。还有盘更大的汤。主食不是米饭，而是面条。看着这些饭菜，感觉和日本中学寄宿学校的伙食很像，我不禁露出善意的微笑。他们用公筷把菜夹到自己的小盘子里吃。用公筷这件事我之所以要特地写出来，是因为中国的一贯做法是，各人用自己的筷子去盘子里夹菜，而这里却不一样。想必一定是很注重卫生。我也像其他人一样开始吃饭。大家都是自己小盘子里的菜吃完了，又去夹自己爱吃的菜，都吃得很香。

出了食堂，在狭窄的屋檐下，有一个五十来

岁的人扇着用棕榈叶编成的蒲扇，在饭后休息。看样子这个人小郑也认识，他们打了招呼。随后，这位年长者请我和小郑去他身后的一个小房间。他虽看起来不修边幅，但举止却很文雅。他们俩一直在交谈。我能听到说了台北和高雄，应该是年长者正在热心且好奇地问小郑一些台湾的事吧。这是宿舍楼里的一间小屋，这位年长者应该是这里的老师，这是他的宿舍。桌子前的墙壁上挂着十多册用线穿起来的草稿纸一样的册子，这应该是学生们的诗稿；最里面挂着一本大的账簿，那是学生们的保健表。这位老师刚见到时以为他有五十多岁，实际上应该也就四十多岁。我正在观察着房间里的物品，听到他们不时说到"东京""东京"，看来话题已经转移到我身上来了。他盯着我看。这时，小郑回头看我，说道："我来介绍一下。这位是学校的校医兼语文老师，是个诗人。"接着说道："我把你的事说给他听了，他觉得能遇到你非常难得。"小郑虽生在厦门，但是投奔了在台湾的姐姐姐夫，所以一直住在高雄，我有一位中学同学在高雄开牙科诊所，而小郑正好是那家诊所的学仆。因这层关系，我才有幸让小郑带着我游厦门。他可能是从我的同学那儿听说了一些我的事，竟多嘴向对方介绍我是日本的小说家。结果这位语文老师兼诗人一听，便通过小郑问我会不会作中国诗。我如实回答："不会。但我很爱读，不知道能否请先生您为我作一首呢？"对方好像马上答应了我的请求，又问道："那您会作日本诗吗？"我通过小郑答道："日本诗我写过。"于是对方又说道："我为您作一首我国的诗，也请您为我作一首贵国的诗。"小郑翻译他的话的时候，他为我们倒了茶，接着又为我们点了烟。他又与小郑聊了两句。突然起身磨书桌

上的墨，就这么站着，开始行云流水地挥墨。写

下了一首诗：

　　　　赠佐藤春夫先生

　　　　陈镜衡急就草

　　　　如雷贯耳有隆名，

　　　　游历萍逢倒屐迎。

　　　　小说警时君著誉，

　　　　黑甜吾国愧难醒。

　　他放下笔，将纸递给我。这是印着"集美学

校用笺"几个红字的粗糙格子纸。接着，他像是

要催着我写似的，把笔递给了我。说实话，我感

到很为难。我已经很多年没写过和歌了。并且，

我怎么想也没有灵感。"去远处的鹭江边游玩，

巧遇陈镜衡先生"，我只写了个开头，便再也写

不出了。我正想着该写点什么好呢……最后我灵光一闪，全部用平假名，写完了一整首歌。何其幸哉！当时我到底写了些什么，我完全想不起来了。若是我还能想起来一星半点，我现在一定会很苦恼吧。因为写的东西实在是拿不出手。可是不在这写出来也不太好，要是写了也实在是难为情。幸运的是，我一句都不记得了。但是，因为当时对方让我就诗的意思作过解释，所以大意我还是记得的。今日逢君今日别，此生恐无再相见。大概就是这么个意思。小郑将我的解释翻译给陈镜衡先生听，陈先生听后轻轻地点头。然后将我写的诗十分珍惜地收进桌子的抽屉里。他到我旁边，指着我正在读的他写的诗上"急就草"三个字，让小郑翻译给我，这是即兴、草草写就之意。接着，他从我手中拿过诗稿，再次打开抽屉，我以为他拿出来的是一页洋格纸，结果他拿出来一个信封，又从另一个抽屉里拿出名片，将诗稿和名片一起装入信封，又拿出笔，在信封上写上"佐籐先生惠存"的字样（他把"藤"写成了竹字头）。再在信封的一角，盖上自己的印章。看他如此郑重其事地对我，想到我那胡乱作的和歌，实在是惭愧不已。倘若自己稍微懂点汉诗的平仄，哪怕作得不好，也能直接用汉诗对他聊表心意。一想到这些，我就十分苦恼。前面那首陈镜衡的诗，是那种形式上的溢美之词，并无特别之处。我想起我来厦门以后的所见所闻——战火不断的时局，夜晚街道上成群的站街女，娼馆和鸦片馆等场所。还有更令人意想不到的情景，小孩们在街上乱走，苦力们聚集在路边狭窄的道路上，弯着腰，用地面和小石子做道具，玩一种叫"行直"的赌博游戏。而另一边，在一栋灯火辉煌的西式洋房里，一位戴着金框眼镜、看起来受过良好教育的年轻女子，正站在二楼的阳台上，满不在乎地看着地上赌博的情形。这时，再读这一句"黑甜吾国愧难醒"，不禁感到这是这位供职于集美学校的老师立志将新文化的种子播撒在这贫瘠的土地上的肺腑之言。这句话绝不是空谈，连我这个一介游子也对他担忧祖国的心事感到同情。后来我听小郑说，陈镜衡大概四十二三岁，是厦门当地有名的诗人。从名片上看，他是同安人，虽然与校董陈氏兄弟同姓，但显然与他们不是亲戚。

我们在陈镜衡的房间里待了半个多小时，出来后，向旁边的大楼走去。这时，刚才带我们去食堂的青年认出了我们，便向我们走过来。然后带我们去离学校一公里左右的集美村。空气里弥漫着渔村特有的湿气。村子里的房屋都很低，因为正值阳光最强的时候，街上一个行人都没有。

一排民宅中最大的一个就是集美女子高等小学，其实也没什么特别之处。那位青年应该就是特意让我们来看看它的位置和外形，才带我们来这儿的。不过确实没什么可看的。我们马上便返回了红砖校舍。

大厅里聚集了七八十个人，大多是青年，应该是他们上午联欢会的文艺表演要开始了。据说是早上开了联欢会，中午太热了，休息的时候就弄一些文艺表演，等到稍微凉快点再接着开会。果然，念过基督教中学的小郑认识这里面很多人，跟谁都能打声招呼。其中有一个年轻的美国人，应该是这所学校的英语口语老师。"去年夏天他还一点儿厦门话都不懂，现在已经能用厦门话跟人开玩笑了。"小郑佩服地说道。小郑和很多人用我听不懂的语言交谈，我一直跟着他也不太好，于是我走到围着一群人的三个黑板前，看看他们在看什么。黑板上贴满了细长的字条。每张上方都写着带有编号的短句，下面写着"圣经一句""中国地名""近代英杰"等，想必他们是在猜谜语。围观的人一个个说着答案，贴字条的人说"对了"或"错了"，不断地往上贴新的字条。有些题实在与众不同，大家就一起大笑。我完全不懂那些谜是怎么解出来的，便站在那里边看边思考。可能是觉得我一个人站在那里太过奇怪，站在我旁边的年轻人用发音标准的英语问我：

"你知道他们在干什么吗？"

我本想说："是在猜谜吧？"但是我不知道"猜谜"用英语怎么说，于是答道：

"不知道，他们在干什么呢？"那位青年好像也不知道"猜谜"的英语说法，一时间被难住了。于是我从口袋里掏出水笔和笔记本，翻到一页空白的页面，递给他，他写下"灯谜"二字，又看看我。我点点头，表示明白了。我很想继续问问他那些谜是怎么解的。无奈我俩的英语都不太好，估计也说不清楚，于是便作罢。我想，知道了猜谜在中国叫"灯谜"，也算是很有收获了。在我看着灯谜发呆的时候，社交家小郑已经不见了踪影。我只好一个人在校园里走走看看。校门旁的墙上，挂着陈氏兄弟的两张大幅头像。因为挂在如此显眼的地方，我不免有些不快。陈氏兄弟办这所学校的目的，与那从上海请戏班、从广东运烟花、大办特办六十大寿的人相比，不就是五十步笑百步吗？或者说这种办学校的做法更邪乎。不过事后仔细考虑，才发现我的这种想法是错误的。人类之所为是不能用五十步笑百步这种超然的标准一概而论的。如果不仔细品味五十步与一百步，甚至是五十步与六十步之间的细微差别的话，就会失去衡量原本就相差不大的人类行为的标尺。将人类的行为标准定得过高，或者胡乱地四舍五入，是不可取的。——我在写下这些之时，重新审视了自己的想法。虽然我在集美学校的大门口看到陈氏兄弟那华丽显眼的照片时，确实曾感到不快，但与此同时，我也对陈氏兄弟的事业感到由衷的敬佩。

我大致——我本想说我大致走了一遍整个校舍，但当时正值炎热的中午，校园又太大，我的确未能走遍整个校舍。逛了一圈之后，我又回到大厅，猜灯谜活动已经结束了，现在正在发茶点。我觉得走过去不太好，便站在远处看着。小郑看到了我，就拉我过去，于是一个干事模样的人也给了我一包点心。这是中国化了的西式糕点。小郑和五六个青年一起离席，我也跟着一起走到一间像是青年教师的集体宿舍似的房间，大家都沏上了新茶，拿出新的糕点来吃。这些应该都是小郑曾说过的他的中学同学。大家围坐在木桌旁，谈笑风生。因听不懂他们聊天，我闲得无聊，便随手拿起桌上的一本杂志。这是上海出版的女性杂志，我记得名字是《女子青年》。目录里有一篇小说叫《蓝色玫瑰花》。因这篇小说很短，只有三页纸，我又好奇如今中国的新女性都在读什么样的小说，便翻开这篇读了起来。

"蓝色玫瑰花"，顾名思义，便是指蓝色的玫瑰花。这篇小说也如中国的大部分现代小说一样，是翻译作品。原作者的名字会用罗马字写上。这篇小说的译者是一个我没听说过的人，叫闺秀文士。我试着读了读。我写这篇文章时，手头并没有《女子青年》，下面的故事各位读者就请当作我自己的理解吧。

从前有个国王，他有一个美丽的女儿。国王

没有儿子，女儿也只有这一个。因此，国王十分疼爱这个公主。公主的夫君有三个候选人，三位公子才智相当。公主不知如何选择，国王也很为难。于是国王定下一计，对三位公子说："明天是公主的生日。按照惯例，生日的晚上将举行球会（这里应该是'舞会'，我本可以径自将其改成'舞会'，但还是决定按照《女子青年》里的写法来）。我想在公主的白衣上别上蓝色玫瑰以作装饰，白衣配蓝玫瑰一定非常美丽。但是，蓝色的玫瑰十分难寻，今年是无论如何也得不到了。因此，我向三位公子承诺，到明年今日为止，谁能找来蓝色的玫瑰，我便将公主许配给谁。在那之前，请不要再来宫殿了。"

听完国王一席话，当天三位公子便各自回家，思考找到蓝色玫瑰花的方法。一年以后，三位公子来到国王以及一年未见、更添爱慕的公主面前。

第一位公子无精打采，脸色像蓝色玫瑰花一样铁青，因为他整整一年都没能找到蓝色的玫瑰花。他有些愤愤不平地对国王说："我这一年都在书房里闭关。我翻遍了植物学书籍，就是没找到关于蓝色玫瑰花的记载。于是我又看了科学书籍，想找找看能不能借助科学的力量种出蓝色玫瑰花。一年就这样白费了。"对第一位公子的徒劳，国王表示了由衷的同情和抱歉。

第二位公子亦无精打采，脸色也像蓝色玫瑰花一样铁青。他也没能找到蓝色的玫瑰花。他多少带着些怨恨地对国王说："这一年，我亲自走遍了世界各地，无论是山野还是庭园，一心只为寻找蓝色的玫瑰花。我找到了黄、红、白、紫各种颜色的玫瑰，就是没有蓝色的。所到之处，我受尽了众人的嘲笑。"对第二位公子的徒劳，国王亦表示了由衷的同情和抱歉。

第三位公子来到国王的面前。与前两位公子截然不同，他英俊的脸上带着温柔的笑容，说道："我找到了蓝色玫瑰花。不过，为防止花色减退，我没把它摘下来。我想请公主今晚与我一同去采摘它。这花就在离这不远处。今晚我将什么也不带，在国王殿下的御花园里等待公主。"听了第三位公子的回答，国王心情大好，笑着说道："卿真的在那里找到了蓝色玫瑰吗？"于是，当晚，第三位公子邀请公主来到宫殿后苑的喷泉旁。公子边走边向公主倾诉这一年来对她的思念，他每晚都会偷偷来到这喷泉旁驻足良久。两人在皎洁的月光下并肩而坐。这一轮圆月大概听到了这对才子佳人的细语了吧。公主并没有去看池边是否有蓝色玫瑰花。只是在第二天国王笑着问她时，她低头答道："有。"

第二天，在公主的生日会上，国王向宾客和

百姓宣布了公主的婚事……

"佐藤君，我们走吧。"

小郑似乎是在等着我读完，看到我脸上浮现出读完一篇好作品的喜悦时，他悄然对我说。

"好的，那走吧。"

我和小郑刚站起来，那位刚才带我们去食堂和村落的青年用流利的英语对我们说："晚上再走吧。今晚是六月十五。你们晚上看了满月再走吧。从厦门过来参加联欢会的人也是那时候回去，而且现在这么热。"

我拿出手表看了看，现在是下午三点半。能在月光下回去固然不错，可离天黑还有两三个小时，一直待着也无聊，而且和船家已经约好了两点回去，他估计已经等得不耐烦了。于是我们还是和他们道了别。正好此时学校的钟声敲响，这应该是下午基督徒们的联欢会开始的信号……

这篇文章的标题是《集美学校》，而我却没怎么写关于学校的事，这样实在不太好。因此，我撕下《福建私立集美学校九年秋季招生简章》里的一页贴在这里。这招生简章是我想以后留作参考，向学校要来的，是民国九年秋季的招生简章。

这一页是中学的"课程及教授时间数表"。

学年＼学科	第一学年	每周时数	第二学年	每周时数	第三学年	每周时数	第四学年	每周时数
修身	修己	一	家族与社会	一	社会与国家	一	伦理学	一
国文	讲读近世文 作文 习字	十	讲读近世中古文 作文	八	讲读中古及古文 文学学大意 作文	四	讲读上古文学 文字学大意 诗歌 作文	三
英语	读本 默书 习字 文法 造句	十	读本 文法 造句 默书	十	读本 作文 修辞 译述 会话	十	文集 修辞学 作文 会话	十
数学	算术 代数	六	几何 代数	六	立体几何 平面三角	六	高等代数 解析 几何大意	六
历史	本国史	三	同前	二	世界史	三	同前	三
地理	地理概论 本国地理	二	本国地理 世界地理		世界地理	二	地文学	二

学年＼学科	第一学年	每周时数	第二学年	每周时数	第三学年	每周时数	第四学年	每周时数
理科					物理 科学	六	物理 科学	六
博物	植物 动物	二	动物 矿物	二				
法制					法制大要	一	同前	一
经济					经济大要	一	同前	一
图画	自在画	一	用器画	一	同前	一	同前	一
体操	普通兵式	二	同前	二	同前	二	同前	二

集美学校的学制应该是四年制，学科和学时与日本无大差别。数学的难度更高。据说，日本高等师范学校的某教授参与了该校的方针制定。在厦门时，听说这所学校是集工科学校、高等师范等为一体的，不知是这传言本就夸张，还是我听错了，现在的集美学校只有预科和本科，以及之前展示过课表的中学程度的商科和女子高等小学校。不过，将在厦门设立大学是事实。根据民国九年秋季招生简章，师范生只用在入学时交十二元制服费，其他学费、伙食费全免。中学和商科学生交制服费十二元，宿舍的床单被罩费十二元，另外寄宿伙食费每月四元。学费等其他费用一概没有。招收的学生以二百名师范预科生为主，另外还招五十名中学生、师范二部及商科生各四十名。入学考试的考点设在厦门、偏远县的劝学所、新加坡、小吕宋等地。大学招生简章我确实也看过，但不知怎地我没拿回来，也可能是拿了又弄丢了。

另外补充一点，集美学校虽不是宗教学校，但可能是由于办校人的信仰及厦门地区一般知识阶级的信仰，学校的基督教氛围很浓。据说，在厦门地区的知识阶级里的第一人，是一位单身的美国女性。她从二十多岁到如今四十岁的二十年间，一直在厦门经营一家幼儿园，向儿童们传教。现在这家幼儿园还在经营着。可以说，现在厦门中产以上的家庭中，三十岁以下的青少年和儿童几乎都去过这位美国女士的幼儿园。她为孩子们发明了各种各样的游戏，还用厦门话创作有寓意的童谣，自己谱曲，与孩子们一起玩耍。其中一首是这么唱的："这有一个大洞，我是一支蜡烛。我不会熄灭，我要燃烧，燃烧，照亮他人。"这是一位怎样的女性，她为何要把自己的一生奉献在这异国的乡村，我不得而知。但我对她的志向深感敬佩。

虽是闲话，但既然想到这些了，把其作为集美学校的结尾也未为不可。

鹭江月明

我们从集美学校回来。

可能是由于学校的红砖在这里卸货，红色的粉末染得海滩一片赤红，我们叫醒了因等得疲倦而打起盹来的船家。船家指了指岸边，一脸的不高兴。大概是因为他本想顺着退潮的水势回去，结果潮水现在已经退得差不多了。他像是想给我们点惩罚，他说逆风，所以撤下了船篷。好在太阳渐渐西去，水上的阳光已经不那么强烈了。我们的船逆风而行，穿梭在厦门岛群山的阴影中。尽管有点花时间，我却一点儿不觉得无聊。不仅不无聊，我还要感谢那天微微吹拂的逆风，令我们的船驶得很慢，我才得以欣赏到鹭江的日落之美。看过了那日的黄昏之后，我深信鹭江的风光为沿海地区之最，连西湖也不及它美。——当然，我并未看过西湖和其他地方的风景。

就我自身而言，那日的黄昏最合我的喜好，在那之前、自那之后，我都未曾见过能与之媲美的风景。

水路过半，可渐渐看到一些小岛。眼看着夕阳渐渐西斜。缭绕在西方群山上的暮霭，如烟般渐渐消逝。褪去一层薄纱的群山、高低起伏的鹭江江岸，在夕阳的照射下，在荷叶上投下倩影，最后变成浓淡不一的紫、蓝、藏青、黄、红和一些难以描述的颜色，随着太阳的西下，它很快又像小孩的脸一样变化无常、捉摸不定。平静的水面上流光溢彩，我们的小船在上面行驶着。当水面由金色变成红色时，群山从山脚开始，一点点变灰，再逐渐变暗。太阳虽已落山，但余晖像彩虹中的红色部分一般，把天空染成绛红色。大概是大气的原因，落日的余晖像一条红色的银河，从日落处的山顶，向遥远的东方划去。我朝东边望，想看看这余晖的尽头在哪里，不经意间，看到低矮山峰的上方，一轮大大的圆月悠然悬挂于空中。它彬彬有礼地悬在空中，一点一点变白。现在还不能算是光，只是白色，在这无光的月亮下，离我们小船不远处的山脚下，有一只白鹭。天色渐晚，这只高高的、颇具神韵的大鸟，在夜色中显得更白了。这自然风光像是印度艺术家泰戈尔之笔。白鹭稍稍驻足，啄了啄尚可看见、被海水打湿的黑色岩滩，随后，它轻轻地飞到我们的小船上，我们甚至能感觉到它翅膀的振动，它便立马消失在空中了。只留下海滩上一种叫加靛的黑色灌木。可能是由于养殖过牡蛎，这片海滩上排列着无数细长的石板，有一种废墟似的荒凉。白色的月亮渐渐散发出光芒……

"呀，快看！"

小郑指着船行进的方向——只见一个约两米长的黑色物体，形状如小舟的底部，在微明的海面上，浮了又沉，沉了又浮，三次之后，不见了踪影。

"看到了吗？"

"看到了，那是什么？"

"神鱼——白鳄。"小郑在我的笔记本上大大地写下，一边向我解释道："白鳄一般长十尺以上，在鹭江随处可见。不过它一看见船就会潜入水底，自古以来从未袭击过船。因此人们称之为神鱼，以表示感谢和尊敬。"先不管这解释。我们来静静地欣赏这周围的美景。月亮渐渐散发出如珍珠般的光芒。月光首先浮现在远处西海岸微暗的山背面的涟漪之上。我的心就像是与月光一起散发出清香的夜来香的花朵，被月光以及月光照射下的四周美景所俘获。月光逼近水面，四周呈现出一种哀婉、幽雅的氛围，再加上孤独的白鹭和古怪的神鱼，为这景色更添一丝凄楚奇异，正如阿尔贝·萨曼[1] 诗中的世界。阿尔贝·萨曼的诗也好，亨利·德·雷尼埃[2] 的小说也罢，在情趣充实度上的微妙变化的效果，如何能与这大自然——能引发人无限遐想的今日之鹭江黄昏相提并论呢……

厦门街市的一角呈灰色浮现在眼前。街上的灯在尚未完全黑掉的夜幕中显得虚幻朦胧，这是特纳[3] 的构图。从西岸山的背面浮现出的月光已变得像厚实的银箔一般。有一只返港的帆船从西方

---

[1] 阿尔贝·萨曼：1858—1900，法国象征派诗人。
[2] 亨利·德·雷尼埃：1864—1936，法国后期象征主义诗人。
[3] 特纳：威廉·特纳，1775—1851，英国浪漫主义风景画家。

驶来，横穿过我们前方的路，朝着厦门码头急速驶去。我们的船家也收起了帆，开始划桨。在超越了几艘帆船之后，厦门街市上的灯开始鲜明地倒映在水面上，月光也开始全面挥洒。

"小郑！"我坐在这如惠斯勒①画中的小船中快活地说道，"今晚我们去听歌伎唱歌吧。就是你前几天见过的那个，你回来说还没见过那么美的少女呢。就是那个，小富贵！她唱歌很好听吧？"无论小郑有没有理解，没有比今天更适合听音乐的夜晚了……

在这世上罕见的鹭江黄昏，我在惠斯勒画中的小船上提出的建议，小郑欣然赞同。小郑说，若要去看歌伎的话，不如叫上林正熊一起。因为林正熊每晚都去寮仔后的花街。于是我们让船家将船停在鼓浪屿离林正熊家较近的码头。船家向

① 惠斯勒：1834—1903，美国画家。

我们收两元钱，作为今天往返集美的费用。小郑只给了他一元五十钱，船家又说了些什么，小郑又加了十钱，于是我们下了船。月光与暮色混在一起，我们的影子很淡。我们走在上坡道上，先去林正熊家邀他。

四五天前，新高银行厦门分行行长林木土请我们吃晚餐，林正熊也是其中的一个客人，他是一个二十一二岁的青年。当时介绍他是漳州军参谋长林季商的长子。据说林季商本是台湾人，出身台湾第一名门，因不满日本政府的统治，扬言"我本是劣等之人，希望成为'劣等国'清的国民。"提出了还籍申请，终于来到了厦门。林正熊不像他那豪放的父亲，甚至有点女孩子气，见到人有些害羞。不过到底是出身名门，举止优雅，为人正直。当天晚餐之后，他邀请了三四个人去厦门玩，小郑也去了。当时也邀请了我，不过我想与林木土一起在阳台上享受清凉的夏夜，便没去。那天晚上，小郑玩到半夜才回来，第二天他告诉我，当晚林正熊带着他们逛了六家娼馆，花了一百来元。小郑就是在那晚见到了这个美丽的歌伎"小富贵"，因为美得不同寻常，从那天起，他就劝我一定要去看看。

从街头上坡，便看到左侧有一排长长的砖墙，围墙内树木繁茂，一只狗听到了围墙外我们的脚步声，便开始狂吠。它在围墙里紧跟着我们的脚步，不停地叫着。

"这是林季商的府邸。"小郑告诉我。

这个养狗的林季商家的围墙很长。我们沿着围墙走了一圈，终于来到了大门前。这只狗也跟着我们来到门口，仍在叫唤。正门和侧门上都带有藤蔓花纹，因是夜晚，门都紧锁着。小郑大声叫门，门卫从门房里出来。听完小郑的话后，他又进门去传话。小郑看着他的背影说:"他是这一带有名的拳击手。"他们家戒备很森严。这一带警力很薄弱,拐卖儿童、拦路抢劫,警察都无能为力。四年前,就在林家旁边的林荫道上发生过杀人事件。像林季商这样经济富裕又有一定地位的人家,有这样的保卫措施也是很必要的。拳击手很快就出来了,他一边训斥还在朝我们吠的狗,一边走过来给我们开门。狗嗅了嗅我们的脚边。

我们来到一个大概有二十张榻榻米大小的客厅,一个少年出来和小郑交谈了几句,又进去了。他是林正熊的弟弟,他来告诉我们,哥哥正在吃饭,请我们稍等片刻。客厅里摆着许多艺术品,但是看起来主人并不是很懂艺术——摆着两三个像是西餐厅里的装饰品的金光闪闪的花瓶,那算不上是艺术品,看着有些艳俗。不过这些可能不是主人的物品,而是儿子们的。还有用红色和白色的土烧制成石头的斑纹，再凝固制成的屏风。屏风上尽是些大理石纹路，这要是自然的猛虎饮水或是麋鹿走云，一定非常稀奇，引人注目，可惜是人造的，也就很难引发人的遐想了。现在的漳州一带，有很多这样制成的砚台。一个大概三十钱，听说有人把这作为土特产带回日本，在海关被估值三十元。因此，眼前的这屏风也没什么稀奇的。还有一个质朴的青花瓷花瓶，我虽对古董的价值一概不知，不过感觉这花瓶里如果插牡丹的话，应该会非常不错。墙上有两幅左右相对的小山水画，嵌在黑檀木边框的玻璃画框中。在这样的房间里装饰南画，似乎不太合适。再仔细看画框里的秋景山水图，原来这是名古屋的南画家川柳城的作品。柳城翁与我父亲相识，彼此有书信往来。当初日本占领台湾时，他曾在台湾做过官，可能就是在那时与这家的主人相识的。……我思考这些的时候，林正熊进来了。跟他一起进来的还有他的一个朋友。应该是喝了酒，这个男人满脸通红。他给人的感觉像是林正熊的狐朋狗友，每晚约他出来，带他花钱。他红红的脸，拿着牙签剔牙的样子，看起来像是个粗俗的浪荡公子。说回林正熊。上次见他时，可能是因为穿的西装不合身，他看起来毫不起眼。今天他穿着淡蓝色的衬衣和裤子，身材高挑纤瘦，再配上苍白消瘦的面容，的确是一个品味不凡的中国贵公子。与其说我想看林季商的不肖子，倒不如说我对这名门美公子游玩的样子更感兴趣。小郑对他说了些什么，林正熊便笑着去了别的房间。他出去后，他弟弟便进来了。弟弟跟他哥哥长得有些像，是个十七岁的少年，哥哥更像母亲，弟弟更像父亲。他拿着两张唱片，给了他哥哥的那位朋友。朋友拆开这像是新到的唱片，走到房间的一角，把唱片放进高台上的留声机。唱片里唱的是北京的歌曲。他听得入神，还跟着哼唱起来。弟弟像是知道了林正熊与他朋友的去处，见换了一身白袍的林正熊出来，便与他打趣。

　　青白的月光分外皎洁。如此明亮的月光我在日本从未见过。站在码头，月光与水色交相辉映，白得耀眼。在月光的映衬下，厦门街市的灯光如荧光般微弱，我们登上了舢板。舢板在英租界码头稍下游的位置靠岸。我刚刚在船上就听到了琵琶声，这里应该就是寮仔后了。

　　下了船，沿着狭窄的道路直走，便到了明亮的街区。横穿过这条街马上便到了一条小巷，小巷旁有一栋带十多级石阶的房子。我们先进了这家，迅速上到二楼。这是间名叫"月红堂"的娼馆。几个女人一拥而出，她们一个个先向林正熊打招呼，然后一人递给我们一把瓜子——之前说过的西瓜种子晾干物。这些女人中有一个格外漂亮。小郑用眼神向我示意，说道："这就是小富贵。"果然是端庄秀丽，气质典雅。我正打算仔细端详她的容貌，她已面带娇羞去了别的房间。从别的房间里又有别的女人进来，又给了我们一些瓜子。小富贵换了一身淡蓝色的盛装，再次出来了。这时，林正熊和小郑催我离开这里。原来，林正熊知道我和小郑还没吃晚饭，便叫上小富贵陪我们一起去吃饭。于是，我们来到附近的马玉山街的西洋菜馆。后来我问了才知道，在厦门，带歌伎出去吃饭，客人要花十元大洋。真是贵啊。据小郑说，不仅是外出，虽然厦门的物价只有日本的三分之一，顶多二分之一，但只要是与女人有关的事，都非常贵。

小富贵坐在桌上，也只是陪席。既不向我们劝酒，也不会讲笑话逗客人开心。不过美女本身就是一种高雅的存在，只是静静地坐在那里，偶尔娇羞一笑，便是她的价值所在。林正熊不时说些什么，想逗她开心。不过即便是专门为她点的菜，放在她面前，她也只吃一口，或是完全不动筷子，直接给她的女佣。女佣的头发梳成一个发髻，上面插着剑状的大发簪，这种发饰是福州风俗，因此女佣应该是福州人，大概二十五六岁。这个福州女子似乎说了什么直爽的话，大家都笑了起来，不过我听不懂。小富贵也只跟这个女佣说话。小富贵不知是已经吃过了还是为了保持美女的风度，她真正吃的东西只有冰激凌。我用英语问林正熊，小富贵多大了。林正熊大概是听成了问他自己的年龄，答道："二十三！"我又问他："她吗？"于是他答："十七。"我不知小富贵是否真是林正熊的爱姬，不过两人并肩而坐的样子，甚是般配。我想他们要真是爱侣的话就好了。

要是让我写爱情小说，我一定写他们。我再次端详起坐在我斜对面总是低着头的小富贵。在我迄今为止见过的所有女性中，自然也包括日本的女性，她的确可以说是"真美"。小郑的夸赞绝非过奖。她的耳朵及耳垂的后方，宛若磨过的玉。鼻子端正，下巴可爱。她的美不是艳丽，而是秀丽。如果她纤细的双眼皮和那乌黑发亮的眼眸里不含羞涩的话，年轻人一定以为她是个冰山美人，不敢接近。站起来时看着她的背影，冷艳素香，楚腰纤细。——要是有她的照片的话，带回国给喜爱女色的朋友们看，他们一定非常喜欢……

走出西洋菜馆，我们又回到月红堂，林正熊为我们叫了许多歌伎，和着各种乐器的伴奏唱歌。许多乐器中，首推琵琶。我想起曾在一户人家里见过琵琶，它的颈部上下，用螺钿玉雕刻着"江山千古芳，绿水一特新"的诗句。在中国，琵琶和弦（即日本的胡弓）是最常见的乐器。歌伎们不用多种乐器伴奏，只用一种乐器时，往往会选择琵琶或弦。我看着歌伎们拨弄乐器，想起白乐天《琵琶行》中描写妇人弹琵琶的诗句，还真是写实啊。各种乐器的合奏，即在这琵琶和弦之外，还有发出爆响的小鼓——爆鼓、金属太鼓——锣、被称作喇叭的唢呐、相当于西洋乐队里铜钹的大钹和小钹，以及拍子——戴在手上用来打拍子的竹片。这由多种乐器合奏的北馆——北方中国风音乐，叫"开天冠"。我们现在听的就是北馆。在这南方的厦门地区，现在几乎没有南馆，都是北馆了。因此，相当于北方"开天冠"的南方"打茶围"，我一次都没有听过。从上面列举的诸多乐器，大家应该也不难想象，中国的音乐喧哗得有点离谱了。但令人不可思议的是，本来对音乐毫无欣赏能力的我，迄今为止从未从音乐中感受过真正的快乐，但竟从这音乐里感到一种难以言状的昂扬状态。或许这只是源于我的好奇心，或许是源于那晚的旅人情绪，中国乐器独特的音色正好适合我的耳朵。无论如何那如暴风雨般喧哗的声音，如在暴风雨中倾覆的船只般由各种音响汇成的这刺耳的合奏，忍耐了三分钟后，我便全然忘记了这般喧嚣。留在我心中的只有在这喧嚣的音响中巧妙穿行的歌伎的细高音，她的歌声驾驭着这喧杂的乐器的声音，并且超越了它们，在其之上平静地构建起一种奇妙的静肃。若要打个比方的话，那就像是在暴风雨中倾覆的船只里，听到爱子喊叫的父母之心；又像是与恋人永别后，坐在夜行列车里的乘客，完全听不到列车行进的嘈杂的声音，只听到列车一角蟋蟀的声音，感受到一种浸入骨髓的寂寞；又像是发高烧时，眼前浮现出幼时玩山泉水的情景，腋下却生汗的心情。

喧嚣像是难以抑制的本能一般被唤起，而如理智般的沉静又一直相伴在侧。这就像紫色的天鹅绒中特意夹杂着一根细细的银丝。

现在想想，中国音乐是一种主动的狡猾。先给人听喧哗的声音，扰乱你的心灵和耳朵，等到人已经习惯了这种喧哗，再加入音乐的中心——歌声，来抚慰你的心灵和耳朵。即让爱与憎一起向你涌来，爱的感觉会显得更加强烈。先制造无限的纷争，再给予单纯的净化。——自古以来的悲剧作者都使用这样的手法，让人情绪高涨、涕泪交加。而中国音乐的法则也与之相似。总之，经常哀叹不懂音乐的我，在那晚听了"开天冠"后，第一次体会到音乐有振奋人心的作用。这是我从本国的乡土音乐中从未感受过的。——我本就对音乐一窍不通，在厦门听到的也不是多有权威的歌伎和演奏者的音乐，但这是我的真实感受，于是我大胆地将其写了出来。我依次听了这些歌伎的演唱，明白了造物主是吝啬的，他给了此就不再予彼。美丽的鸟儿唱歌往往不动听。小富贵的歌声非常普通。唱得好的女子，我忘了名字，不过长相十分平常。我想知道中国的歌伎都叫什么名字，便问小郑，并用笔记了下来。那晚在月红堂演唱的女子——可能叫少女更加合适，有"千里红""夜明珠""金兰春""小富贵""小容贵""花宝山""花宝仙""金小凤""月红""花魁""月乡""小宝玉"等。另有别的机会，我记下了台湾歌伎的名字，有"柑仔""却仔""阿招""锦仔""玉叶""宝玉""宝青""宝莲"等，感觉两地的名字还是有些差别的。"柑仔""锦仔"中的"仔"，大概和日本的"某某子"是一样的吧。

走出月红堂，我们在路上遇到了两个青年，看来这两位屈氏兄弟也是林正熊的朋友，于是便让这俩人也加入我们。我们来到一家名为"宝凤堂"的娼馆，又听了"开天冠"。之后听小郑说，听"开天冠"要付八元银元。除我不太喝酒之外，其余五人都是豪饮。他们并没有听正在演奏的"开天冠"，只顾与身旁没有唱歌的歌伎说笑。他们应该也是像日本艺伎一样在说一些粗鄙的笑话吧。我因语言不通，这异国的爽朗的言语，在我听来宛如鸟叫。离开这家娼馆，我们去了今晚的第三家——东园。这家不是娼馆，而是茶楼。这时我得知，我刚到厦门时，从大船换到舢板快到码头时，沿着海岸行驶时看到的阳台就是这家的。那穿着淡紫色衣服的可爱少女，她有些危险地朝铁栏杆外面探出身子，朝下面望着，逗弄着地上的猴子，或是鹦鹉，或是小猫小狗，或是小孩。——我因在舢板上，所以看不见地上究竟是什么。这家有几个女服务员。我们在这里没有听歌，只吃了一些女服务员给的瓜子，喝了茶，休息了片刻便离开了。出门的时候，女服务员们嘴里像鸟叫般说着些什么——当然，是送客的话。歌伎们送客时说的是"再来坐"，与一般人家的主人送客时说的话一样，我自然就记住了。而东园女子的话我听不懂，便问了问小郑。她们说的是"Una Kia"。我问小郑这几个字怎么写，小郑说因是俗语，没有对应的文字，大致意思是"慢走"。总之，意思是"路上小心"。日本的艺伎也说"再来"。饭店的女服务员说的也是"慢走"。看来无论在哪里，说的话都是一样的。我从这无聊的事情里发现了一丝乐趣。

离开东园时已是十二点半。我以为大家都要回去了，没想到再次去了第四家店，一个新的娼馆。这家店叫"庆云堂"。这家与之前几家相比的好处是，这家的屋顶有座位——屋顶花园。除我们之外，还有几桌客人坐在屋顶花园里，对月当歌，把酒言欢。其中一桌叫了"开天冠"，乐师里有好几个是我们在第一家月红堂和第二家宝凤堂里见过的。如此看来，可能并不是每家娼馆都有演奏"开天冠"的乐师，厦门的艺伎管理所①（不知道厦门是不是这么叫）可能也只有这一个班子。我的同伴们不知道要喝多少才足够，来了这家之后喝得更猛了。我对他们旺盛的精力感到有些害怕了。他们大概都只有二十二三岁，想到这里，我不禁感叹自己已经三十了。同时，我也觉得我本来就不适合这种寻欢作乐的场合。他们为了助兴，开始猜拳劝酒，而不会猜拳的我自然就落单了。歌伎们不时想起孤影悄然的我，便为我的酒杯满上酒，劝我喝，喝完之后，又给我倒上新的

―――――――――

① 艺伎管理所：日本指为游乐酒馆和饭店介绍艺伎、结算艺伎费用的地方。

啤酒。我感谢她们的照顾，独自欣赏挂在空中的圆月。月光如水，乡愁亦如水。我不是一喝就醉的人，且一旦醉过，酒醒之后便不会再醉。我静静地体会着沁入心脾的乡愁，又举头望向高高的明月，又看看在月下玩得正欢、丝毫没有要回家的意思的同伴。用自己国家的语言，反复吟诵起艾兴多尔夫[①]《思乡》中的一节——与其说我吟诵艾兴多尔夫的诗，倒不如说他这首诗就是为我而作的：

若要去他乡远行，

一定要找一个可爱之人作伴。

人们欢呼之时，

异乡之人孤苦伶仃。

[①] 艾兴多尔夫：1788—1857，德国浪漫主义诗人、作家。

其他几桌的客人都离开了。但是我的同伴们还是丝毫没有要走的意思。他们点了三次"开天冠"。我们的歌声和着那如暴风雨般的音乐，飘到了很远的地方。到刚才为止还四处都有的歌声和谈笑声戛然而止，现在除这家娼馆以外的任何一栋房子，都只有我们的声音。我们是那晚整个厦门最后的游客。我悄悄看了一眼怀表，已是凌晨三点！

我们终于走出了庆云堂，来到天刚黑时我们的舢板停靠的码头。我们的歌声一停，厦门瞬间一片寂静。果然大家都玩累了，一路上谁也没说话。码头上涨潮，快要溢到路上来了。我们中有人喊了声："船家！"

"船——家——！"我们得到的回应，只有回荡在这极其狭窄的道路两侧、成排高楼间、码头小路上的回音。再次呼唤船家时，听到的还是只有回音。第三次呼唤时，与回音同时传来了一声"应！"然后我们听到了桨在水面上划动的声音。我们六人上了那艘舢板。桨每划一下，就将水面上月亮的倒影划开。因涨潮而比湖水还平静的水面上，我们是唯一的一艘舢板，划桨的波纹一直波及很远很远。厦门岛远处的渔民部落，亮着唯一的一盏灯，灯影细长地映在水面上，因波纹泛起而微微震动。这月下的小舟行驶得很慢。原本这种舢板最多只能坐五个人，而我们这艘船加上船家已经坐了七个人。在青白色的月光下，七个人仿佛都穿上了白衣，且没有一个人要开口说话。似醉非醉的我，大脑如病了般变得透明，脑海中突然浮现出可怕的画面。因潮水的涨落，我看到不远的前方因水底有岩石，产生了几个巨大的漩涡，这令我非常不安。这本不到二十分钟的路程，我拿出怀表一看——在月光下我连秒针的转动都看清了——已经花了四十多分钟。月亮已开始西沉。为避开漩涡，船家在改变船的行进方向时，借着月光，我看清了船家的脸。船行得慢也不是没有道理。在明亮的月光下，这位载着满船玩得累到连话都说不出的年轻人的，是一位满脸皱纹的老人。他这一生都像水鸟般睡在船中，大概是上了年纪睡眠浅，才比较容易被惊醒吧。所以他才第一个被我们的呼唤叫醒……此时，我对行船缓慢的不满，以及因疲惫而产生的恐惧都消失得无影无踪。取而代之的，是对这老船夫产生的淡淡的哀伤……

朱雨亭及其他

这篇文章是我的小说《勉强度日的人们》中的一个片段。它本身不是游记，但里面穿插了一些游记中漏写的事，我将它取名为《朱雨亭及其他》，作为附录放在这里。

……完全没有想写点什么的想法，即便是硬要写，也找不到什么可写的东西——不，也并非完全没有。那时，我的心里充斥着一种自己无法控制却又无法表达出来的情感，它将我的心搅得很乱，我不知该如何将这种心情写出来，而且也觉得不能把它硬写出来。可是，如果不将其宣泄出来的话，它就只能弹回我的内心，使我的痛苦更加膨胀，仿佛就要透不过气来。这不仅是个比喻。那时，我终于理解了寻死之人的状态。如果只是精神上的痛苦，人是绝对不会自杀的，只有当精神上的痛苦达到极致，转化为生理上的痛苦，就如同达到疼痛顶点的病人，对着陪护的人用手指指着自己的头或胸口，大声叫喊"快点在这里开个口吧"时的心情一样。而且，他那时一定想自己动手在自己身上开个口。我曾不止一次地在某个瞬间体会到了这种状态。在我心里如此野蛮生长的痛苦心情，如果我能将其倾吐出来，一定会轻松很多；如果倾吐出来还不能得到缓解的话，那就把我写出来的东西当作遗书，一死了之算了。我甚至曾这样想过。其实，我现在不是为了出版，只是想把它当作纯粹的手记写下来。可马上又开始嘲笑起自己这幼稚的浪漫主义来。不知不觉间，我的内心学会了这样一种方法来缓解自己的情绪，对自己既自重又自嘲，极度侮蔑那个男人的同时又不再对他怀有敌意。但是对于如何忘掉她这件事，我总是找不到方法。刚开始，我试着用憎恨她的方式来忘掉她。可是我怎么也找不到恨她之事。一点头绪都没有。一想到她，别说是憎恨，我反而更加爱慕她了。那时，我的心里只剩下单纯的爱恋，提笔写出的东西也都是写给她的信，但那些信，我一次都没有交给她。这没什么好奇怪的。我并没有将那些信投入邮筒，而是将其封好之后放进了自己的抽屉。我知道自己过于痴情，这些一辈子都不会到对方手里的信，有长有短，我写了近二十封。——"情深意切此时记，功劳可比五品官。"这首和歌是何人留下来的呢？记得好像是《万叶集》里的。

我写完这封信，痴想了二十分钟，突然想起上面那首《万叶集》里的和歌，看着桌上的信，无聊地对自己开玩笑道："这信，不知谁会付我稿费呢？"我如此深情地写出的东西不是为了出版的文稿，但是我又必须写点什么用于出版——世人认为我不必为了糊口去写文章，这是误传。如果我的父亲有一定的资产倒是可以这么看。

可是即便如此，我已是十九二十岁的人了，无论有什么复杂的理由，如何不是故意犯错，我终究是爱上了有夫之妇，而且是朋友的妻子。谁又能因为这种事无法工作，而去厚着脸皮向父母兄弟要钱呢？由于这些不平静的事，我已许久无法提笔，我那已年逾六十的父母已察觉到这一点。父母会偷偷往我的房间看一眼，如果看到我坐在桌前写作，就会露出开心的神情。

因为我写信也用的是平常用于写文章的稿纸，他们便以为我在写什么作品吧，但其实那只是我写给她的信。

"你写出点什么来了吗？"

父亲会在吃饭时，装作若无其事地问我。每每此时，我只好仓皇答道：

"嗯，没有。感觉写得不好，所以都撕了……"我自言自语似的含糊其词。

这样下去的话，我会变得什么也写不出来了吧。等等，什么叫什么也写不出来了？——我奇妙地产生了一种反抗心理。我觉得我必须写点什么了。说是出于体面也好，意气用事也罢，或是对父母以及对那一直挂念着我的她的安慰。另外，我在其他的场合、其他的文章里也提到过，那时我又重新染上胡乱买东西的旧癖，因此我做出了将三四年前未完成的旧稿拿出来卖的浅薄之事，换点小钱来消费。我的内心已经堕落到如此地步。再加上，那时开始天天下雨，我无法像之前那样装作很有精神地去街上散步了。还有，为了安慰我悲凉的——

不，我不能用如此漂亮昂扬的词汇了，只是这困惫不堪、孤寂乏味的闭居生活，我必须写点什么了。但是所谓小说，主要是描写人与人之间思想纠葛的小说，我本就不会写。即便不是这样，生活在如此疲惫压抑日子里的我，也实在是写不出什么。或者说，我中了发生在自己身边、如小说般现实的毒。说到底要想写小说，一定要具备无论遇到何种悲剧都绝不逃避，也不轻易喜怒哀叹的男子气概。说到这里，我之前所写的东西完全就是个奇怪的童话世界，可是对现在这个疲惫混乱的我来说，即便是这样的东西，也无法沉下心来写了。看来，我终究是什么都写不出来了，但是我必须努力地找点什么来写。同时，我又觉得写什么都行。于是，一番绞尽脑汁之后，我决定写游记。这样一来只需要把回忆如实写下来就行了，而且能回忆起来的一般都是快乐的事，而不会有痛苦。可以将自己回忆起来的东西一股脑儿地写下来，即便没有条理也没关系。并且，如果能完全沉浸在对一年前旅行的回忆里的话，起码在写游记的时候，能够暂时忘却"今日"。而且，写东西需要用脑，这样就能因为疲劳而很快入睡。甚好！甚好！我拼命调动自己的热情，开始写名为《厦门采访录》①的游记。

这本《厦门采访录》，可以说是我在自暴自弃的状态下胡乱写成的。回忆中过去的事情都是美好且快乐的，而且写的都是在我所喜爱的异乡发生的事，我想借写游记忘记"今日"的目的算是成功达到了。可是，一旦回忆有了间隙，我的思路受阻的话，那么这一天便再也写不出什么来，不知不觉间，我的思绪迅速从那次旅行中抽离出来，又回

① 《厦门采访录》：佐藤春夫因"让妻事件"而内心愤懑，遂前往台湾和福建一带旅游，后持续完成了十篇台闽两地的游记与传说等作品，此篇是其中之一。——编者注

到"今日"的事情上——尽管如今我身上的这些令人烦恼的事是我从那次旅行回来之后才发生的，与旅行没有任何直接联系。我一心想借写文章忘记现实，也不顾文章的前后逻辑，只一个劲儿往前写，像被人追赶着一般拼命地写。我还拜托别人频繁催稿，一写出些东西，就马上让人拿走——因为我生性软弱，为了不让别人空手而归，即便已心生厌倦也会拼命地写；另外，我虽喜欢意气用事，但又十分较真，我喜欢回头重读写好的部分，看有没有漏写，此时我会对之前胡乱写出的东西产生厌烦而一度停笔，为防止这种现象发生，我尽量让写好的稿子不在我身边。天哪，我竟用了这么多方法，让自己能自暴自弃地写下去……

我不知记忆这种东西，到底残留于心里或脑海里的哪一部分，但是现在，它有了一种不可思议的力量——在这种不可思议之力的作用下，我将记忆里这些不久前发生的事，按照自己的喜好的顺序记录了下来。我就这样赶着《厦门采访录》的稿子，也有进展不顺、写不下去的时候。这种感觉在我的心灵和脑海里游动彷徨。一个夜晚，我想起了自己曾偶然遇到过的一个人。起初，我只是不经意间想起了此人，后来，我想写一下这个人……

……他的名字叫朱雨亭。那时我正打算从厦门去当时内乱的中心漳州参观，在厦门时的向导与我分别了，因此，我去漳州时将没有向导。在出发的前一天，我终于找到了两名同伴。那天，在厦门热情关照过我的周君递给我一张名片，并说道：

"我给你介绍个人。他是漳州中学的老师，是个二十四五岁的青年。他是两三年前来的漳州，关于当地的情况，无论是地理还是历史，方方面面他都很精通，是个认真的新思想家。而且听说他还对日本非常感兴趣，我向他提起过你，他也很希望能与你见面。他今天来厦门了，明早跟你坐同一艘船回漳州。明天你一定能在船上碰到他。他会认出你并和你打招呼的，我已经提前和他说过了。他叫朱雨亭。"说到这里，周君将他名片上"朱雨亭"三个字指给我看，接着说道："他是英语老师。所以，就算他不懂日语，也能用英语和你交谈。"周君也是用英语对我说这番话的。这对我来说是好事。那天我虽约好了两位同伴，但他们二人都是第一次去漳州，且在很多方面不算是机灵的同伴。二人都是台湾人，因此会点日语。这是他们唯一的一点可取之处。可这日语也说得着实令人着急，可能还不如我的英语。他们日语的水平，由此可见一斑。

第二天，我坐上了开往漳州的小蒸汽船。船上挤满了人，让我觉得十分危险。船比我们预计得还要晚两个小时才出航。等待船出发的两个小时里，我一直在等着朱雨亭的出现——可是这么多人，我能认出他几乎是不可能的，所以我希望他能认出我这个船上唯一的日本人。为了使自己显眼，我时不时从座位上站起来，东张西望。同时，我也告诉了我的两位同伴，我在找人，如果他们能好心帮我在人群中喊一声有没有朱雨亭就好了。可是他们是小学老师，认为这样做显得很没有教养，而且他们本身也不想这么做。他们嘟囔着："这么多人，是不可能找到他的。"说着，两人便开始聊其他的了。如果能用自己平时使用的语言——日语喊一声的话，这时我一定会站起来大喊一声："请问朱雨亭君是哪位？"我内心是如此希望能得到朱雨亭君的援助，可自始至终没有人认出我来。所以我想，可能今天朱雨亭并没有乘这艘船吧，只能等到了漳州之后再去中学里找他。于是，我放弃了在船上找他。那天，无论是在船上，还是在其他地方，我都没有被朱雨亭认出来，我也没能认出他。第二天，我一早便去了中学找朱雨亭。但当时正值暑假，朱雨亭并未出勤。我本想去他家看看，可听说他家在郊外很远的地方，便放弃了这个想法。可是我想起周君说过，朱雨亭也想向我了解了解日本的情况，于是我留下了自己的名字和住址，请学校里的人在朱雨亭君来校时转告他。昨天，一名当地台湾人的儿子带我们参观了这里的街市，我和两位同伴从中学回来后，还拜托这位少年，带我们接着昨天傍晚的路参观。这位少年目光伶俐、十分聪颖，昨天一到漳州，趁着天还没黑，我们几个不愿浪费这短暂漳州之行的一分一秒，让这位少年带着我们参观了街道的古城门、新建的市场和公园等地。这位少年的态度比我的两位同伴要爽快得多。但我和他几乎无法直接交流。他站在什么景观前面，或是手指着远处的什么为我们做很长的说明时，我的同伴总是只翻译了很少的话，且不得要领。每每此时，这位伶俐的少年便用好奇的目光看着我的眼睛，似乎在说："我讲的那么简单明了，你都理解了吗？"我很喜欢这位少年为我们做向导，但因不能直接与他对话而感到焦急，且为我的同伴那不上心的样子感到生气。我想，明天要是能由朱雨亭君来做向导就好了，不过，那天我还是没能见到朱雨亭君。那天我们由这位少年领着，将漳州城内不算太多的景点看了个遍。在阳光最强时，我们回到了少年的家。随后，我们按照当地习俗睡午觉，一觉睡到了接近傍晚。

我们都醒了之后，坐在家门口闲聊。这时，两位青年走了进来。其中一人与我的同伴认识，他们马上便开始交谈起来。然后我的同伴告诉我："朱雨亭来了。"

我得知这二人中的一人便是朱雨亭，马上起身迎接。他就站在我对面——看样子，一直没怎么说话的那个就是朱雨亭。他并没有仔细打量刚站起来的我的脸，一定是刚才已经注视过了吧。

在与我说话之前，他用中文向与他一起来的同伴说了些什么。随后，他的同伴用在台湾人中算是十分流利的日语对我说：

"朱君说他已经见过你两次了，实属吃惊呢。"

"什么？两次？在哪儿？——一次是在船上，那另一次呢？"

我也十分惊讶，用一种不同于平常的不自然的语气问道。对方答道，一次是昨天傍晚在公园，一次是在小蒸汽船上，且两次与我都相隔不到两米，我们打过照面，我再次用一种不可思议的眼神凝视着朱雨亭的脸。

怎么会！我苦苦寻找的朱雨亭，竟然已经和

我见过两次，而且彼此相隔不到两米，不仅仅是在船上，在公园里，我们相对了二十多分钟，这些都是确实发生过的事。

不仅如此，我在朱雨亭还没上船，在舢板上快要上船时就已经开始注意他了——因为他是在小蒸汽船已经鸣笛要开时，急急忙忙从舢板上跳上船的最后一位乘客。我就坐在船舷边，他正好从我身边上船，白色西装的袖子擦到了我的肩膀。

我当时还在想，这个时候才上来，在这挤得满满当当的船里，他能坐在哪里呢？我回头看他，他往我斜后方两三排方向走去。那里有一个穿着西装的青年，看样子他们是朋友。这位青年旁边还坐着两位少女。这两位十五六岁的少女是这艘破败的船上最醒目的存在。看起来两位是这一带非常罕见的女学生。

因久久不开船，为排遣无聊，我不时看看她

们。她们一定来自这一带具有激进新思想之地——漳州。不光是从她们的发型和妆容，还有她们的表情和动作间，透露出一种毫不做作的泼辣。

因此，开船后，我也自然地不时向她们望去。也正因如此，我也自然地注意到那个坐在她们旁边、因迟到而急忙上船的青年——这就是现在站在我面前的朱雨亭。

我与他之间的接触不仅限于此，我们不是还并肩坐了二十多分钟吗？那是昨天傍晚，那个聪明的少年带着我和我的两个同伴参观公园时的事。我的同伴在公园的草坪上，遇到了他的一个熟人，于是他们便站在那里聊起来了。那个我素未谋面的青年应该是个台湾人，但是会说流利的日语。我的同伴用厦门话跟他交谈，但他总是用日语回答。这位青年说："我现在做的工作没什么意思，想放弃，打算开始养蜜蜂。"

他们还聊了些别的，足足有二十分钟。我就这样无意听着他们的对话，觉得他们一时半会结束不了，便干脆在旁边的长椅上坐了下来。

于是，那位打算养蜜蜂的青年的同伴，看上去他与热烈交谈的三人的谈话没什么关系，便也在长椅上坐了下来，他就坐在我的旁边。我现在才知道，原来他就是朱雨亭。

那位说自己要养蜜蜂的青年，便是现在为我和朱雨亭做翻译的这位。

当然，在船上时，朱雨亭已经注意到了作为唯一一个日本人的我。但是，因为朱雨亭从周君那儿得到的消息是，我是一个人乘船，完全没有同伴，只身一人前往漳州游览。所以，在船上看到有同伴的我，便觉得自己定是认错了。

我们几个看情况轮流使用日语、英语、厦门话，总算把我和朱雨亭错过的事情说清楚了。

"那么，漳州你都游览完了吗？"

朱雨亭问我——我想这话应该是向我问的。在与朱雨亭的交谈中，我感到我俩直接交流是很困难的。因为朱雨亭的英语发音对我来说实在是难以听懂。像是日本东北地方的发音，十分沉重，而且说得时断时续。

他是英语老师，学问肯定是有的，可是这发音实在是太糟了。不知道在朱雨亭看来，我的发音是不是也极其糟糕，完全令人听不懂。对于不常听英语的人来说，我和朱雨亭的水平可能都差不多吧。

我的英语确实不行，但是和周君、小郑，或是其他人，多少还是能交流的。可是和朱雨亭完全无法交流。因此，我指望着有人会给我翻译，所以用日语答道：

"基本都看过了，只剩一座叫南院的寺庙还

没去。"

还是那位"打算养蜜蜂"的青年将这句话翻译给了朱雨亭听，还没等朱雨亭回答，他自己便答道："那我们现在一起去那儿吧，离这里很近的，我们可以在晚饭前回来。"

于是，我们在这位青年的带领之下，去参观了南院，这里现在变成了驻扎在当地的援闽粤军的红十字医院了。当然，朱雨亭也跟我们一起去了。

可是，因为语言不同，我们就像是住在两个世界里的人，且没有可以连通两个世界的道路。在去南院和回来的路上，我们都没怎么说话。

相反，完全是偶然相识的那位"打算养蜜蜂"的青年，因为懂日语，向我说了许多事。

沿途我们经过旧桥时，他告诉我，这座旧桥的南半段又叫仰驾桥——这名字来源于正德皇帝[①]

[①] 正德皇帝：即明武宗朱厚照，是明朝第十位皇帝，年号正德。

的一个有趣的传说。正德皇帝十分体恤民情，虽贵为天子，却微服私访过四百多个州。当然，也到过漳州。

当时他正步履蹒跚地渡这座桥，桥畔有一贫穷的妇女，对着正德皇帝行了几百次礼以表迎接。正德皇帝看到这出身卑微的女子竟能认出自己，且对自己如此尊敬，是又惊又喜，之后，他便称此桥为仰驾桥。这位体恤民情的天子，不知道在桥畔向他行了几百次礼的女子，只是在水边洗衣服而已……

这位正德皇帝的事迹，小说和戏剧里还有很多。有一出叫《正德皇帝游苏州》的戏剧，说的是苏州某酒楼里有一名为白牡丹的美女，她虽操着如此生计，但却是世间少有的贞烈女子，迄今为止从未委身于人。到苏州微服私访的正德皇帝听说此女，便把她叫来见了一面。一看，果然是沉鱼落雁、闭月羞花。正德皇帝马上便对她着了迷，于是向其求爱。可是，女子坚决不答应。见女子如此看重贞操，正德皇帝对其愈发喜爱，便告诉了她自己的身份。女子并不相信，正德皇帝便在其面前脱掉外衣，露出里面的龙袍。正德皇帝下旨，要封其为后，将其带回京城。回京途中遇到了雷雨，白牡丹被闪电击中而亡。

白牡丹容貌出众、德才兼备，但是要想成为皇后，还是缺点什么。所以硬要她当皇后的话，她就只能死去了。这是这出戏剧给我们的教训……

这个故事也是那位"打算养蜜蜂"的青年讲给我听的。当时我觉得这是一个非常中式的荒唐的故事，现在回想起来，觉得它确实是愚蠢至极。

但是，在它关于自知之明、盲从命运——这种卑微的道德观念的说教中，如今的我体味到了一种与总认为自己卑微渺小的中国人相符的悲凉的东西。

……我与朱雨亭错过那么多次，才最终找到了彼此。可是见面后却因语言不通没怎么说话，跟没有见面一样。可是朱雨亭与我的无缘不仅限于此。那日傍晚，街上已经华灯初上，从南院回家的途中，朱雨亭问我：

"今晚我已约好了去拜访一位朋友。明天我陪你回厦门，这样我们在船上还能再说说话。"

我答应了这个约定，与他道了别。可是，第二天早上我才发现，因语言不通，两人的简短约定里少了一项重要内容——我到底应该在何处等他？他是会来离河岸较近的我的住处来找我？还是我去河岸等他？

于是，我找我的同伴商量这件事。他们说还是先去河岸吧。可到了河岸一看，别说没看到朱雨亭了，这条河岸足足两百米多长，停满了河船，这叫朱雨亭如何找得到我呢？我也找不到他了。

可是，我的同伴们毫不关心我的心情，径自上了一条船。

我已经告诉他们我与朱雨亭有约了，可是他们好像对朱雨亭有些反感一样，用十分冷淡的态度说："朱雨亭来不来还说不定呢。"然后又说，就算在河船上碰不到，到了石码换小蒸汽船时一定能遇到。因为河船虽有这么多艘，小蒸汽船只有一艘。

话虽没错，可是在那乱成一团的小蒸汽船里，谁有心思在那悠闲地聊天呢？

而且，河船上能坐两个小时，换了小蒸汽船之后，四十分钟就能到厦门。

我对这完全不为别人着想的两位同伴感到生气，就一个人站了起来，四处张望，希望能找到朱雨亭。

不一会儿，船上人坐满了，船驶离了河岸。

我想着朱雨亭要是特意为了陪我才去的这趟厦门，结果在船上没见着面，真是对不起他。可我又想，他一定是去厦门办事的。

想来想去，最后我决定不想他的事了。我又开始恼恨起不光是这时，还有这三天都完全不顾我感受的两个同伴来。

如果不是特意为了送我而去厦门，那他没见到我也会上船的。我正这样想着，果然在小蒸汽船上看到了朱雨亭。——他和我们一样，刚从河船上下来，正站在舢板上准备换小蒸汽船。他的舢板与我们的正相反，停在船头处。

不过这次，我们同时注意到了对方。他拨开人群，终于走到了我身边。但我们之间并没有什么重要到需要用我们互相都不习惯的外语去聊的事。

于是，我们四目相对，用沉默表达对对方的关切之情。他用厦门话与我的同伴们聊天，我时不时也用日语向我的同伴们说些事情。看样子他是寡言少语的人。他在船上跟我说的，只有"漳州好玩吗？""什么时候回日本？"等寥寥数语。

我脑子里本有几个关于漳州现状的问题想问朱雨亭，但是说起来有些复杂，想到我的同伴们那不得要领的翻译，便没有问他。

我看着浓眉大眼、皮肤稍微有点黑的朱雨亭，他长着一张圆脸，说是中国人，他的长相更像是东京的学生。这个仪表堂堂的青年时而露出羞怯腼腆的神色。

我怀着好意，一直默默注视着他。我本想对他说几句客套话，可合适的英语一句也想不起来，就这样，我们在船上几乎没怎么对话。

不久，小蒸汽船到了厦门。那天鹭江波涛汹涌——因为第二天就是旧历①六月十九。

----

① 旧历：即农历。

当地有谚语："六月十九日，无风海亦鸣。"这是个不好的日子。

到了湾内，我们的小蒸汽船周围满是载客上岸的舢板。乘客们拥挤着涌向舢板，舢板随着波涛在水里上下起伏。虽没有必要争抢，小蒸汽船的乘客们还是争先恐后地涌向舢板。

我的两个同伴也接连跳上一块舢板。我也跟着跳了上去。朱雨亭在我身后正准备跳。

就在这时，一个大浪袭来，本来已经装了三个乘客，我们的小舢板已经稍稍远离了小蒸汽船，大浪在船边滑过，小舢板便迅速与小蒸汽船拉开了距离。已经载了我们三个人的船家，虽知道朱雨亭也想上船，但他觉得有三个乘客已经够了，不愿冒着波涛返回去接朱雨亭。我看着被独自留在甲板上的朱雨亭——我知道，这是我最后一次见他了。

这便是我与他之间发生的全部的事。

可是，在这篇文章开头提到的心理状态下，我努力给自己打气，强迫自己一定要写出《厦门采访录》时，我找到了埋藏在我记忆深处的朱雨亭，在我把和他之间的事从头到尾回忆了一遍之后，这个只与我用蹩脚的英语交谈过几句的人，对我而言，突然有了某种意义。

我和朱雨亭在互相自报家门之前奇妙地擦肩而过，终于见面之后又因语言不通而焦急不堪。我与朱雨亭的种种无缘，最终以在浪中连句"再见"都没说便永别而结束。

那场旅行中，所到之处，凡是与我有缘相识之人，我都怀着旅人的心情，与对方约定着不可能实现的再会，或是与他们一一道别。唯有朱雨亭，连道别的机会都没有。

但是，我感到我的这些想法，与我最近这些日子的心绪紧紧联系在一起。因此，我想至少在游记中，我要将关于朱雨亭的事尽可能详细地写下来。

尽管如此，我还是忘了许多事。

那个说要养蜜蜂、告诉了我许多事的青年——正德皇帝和白牡丹的故事，漳州军是否真的和广东军决一死战了，参谋长林季商昨天从德化回到了大本营，等等。那个青年叫什么名字？的确，他是给过我名片的。

还有，朱雨亭的雨亭是其雅号，那他的本名叫什么呢？我又想起，他给我的名片上写了他是哪里人。

他的名片，是我在旅行中得到的名片中字最大的，且是亲笔字印刷出来的，是最具中国特色的一张名片了。

可是，那叠名片被我放在哪里了呢？最近，我的记性越来越差了。可是，要继续写游记，就一定会用到那一百多张名片。

想到这里，我从床上坐了起来。之前忘了说，那时因为老是下雨，且起来了也没什么事干，夏季虽然闷热，但无论昼夜，我都将房间弄暗，整天躺在床上。稿子也胡乱放在枕边，像老鼠窝一样。

我坐起来，开始找我那一叠名片。

我记得当初是小心收起来了的，我以为马上就能找到，结果却怎么找也找不到。我把能想到的地方都翻了一遍，行李箱、皮包，就连在台湾买的竹篮我都翻了个底朝天。

我的心情也因此越来越急躁了。虽然我想着，就算没有这些，我也能接着写下去，但我不把它找到，就无法专心做事，我产生了这样一种歇斯底里的情绪。

最后，我想到，这样找还找不到的话，那一定是混进那个箱子里了。然后我开始犹豫：究竟要不要打开那个箱子？

我有一个箱子。当时，那个箱子我是不会让别人看到的——其实看到了也没事，但我不想让人看到。

　　所以，我外出时，总是将那个箱子的钥匙放在我的马甲口袋里，我在家时也会将其放在已经积灰的横木板条上。

　　那个箱子里装满了信、照片，还有其他的东西——我不想一一写出那些东西的目录，便用"其他"二字代替了。

　　总之，箱子里塞得满满当当。我从台北、厦门回来后不久，连行装都未来得及整理，就发生了某件事，于是我便把关于这件事的回忆全都装进了那个箱子里。

　　这个箱子是我在中国买的，因为它大小合适，且带锁，我便将我的上述物品秘密地都装在这个箱子里。——对这个箱子，我自己也是注意不去打开它的。

我对自己说，尽量不去开这个箱子，我用我的意志为这个箱子上了锁。我已经有一个多月没有打开过它了。要忘记一件事，最好的方法不就是不去看与其有关的所有东西吗？我刚才说的那个箱子就是这个箱子，我在犹豫要不要打开它。

我为自己编造了这样一个理由：我要打开它并不是出于痴情，而是出于需要。

那一晚，我一直被想要打开这个箱子的感情所支配。而且夜已深，家人都已睡着了。

我从壁橱里拿出了这个不算太大的箱子。又从横木板条上拿来这个有些庄严、形状并不太讨巧的钥匙，坐在了枕边。

我是为了找在旅途中遇到的那些人的名片才打开这个箱子的，因此我只找名片，绝不看信。那些信只会让自己更加心烦意乱……我对自己说着，插入了钥匙。我呼吸沉重，轻轻地翻动箱子里的东西。

虽并不是什么陈年累月的旧物，但因连日下雨，箱子里有一股霉味。我翻动着里面的东西，不用等我回忆，触及到的一件件物品，自动将我与她之间的事带到我的心头——有些东西是她送给我的，有些东西是我向她要的。

那些物品杂乱地放在箱子两边。我的心如这打开的箱子一般，乱作一团。

"……太不果断了，太不果断了。"说这话时泣不成声的她的声音，渗入我心底的这声音，再次涌上心头。

她哭倒在地，已经无法送我到门口，我在她家门前上车时，她匆忙来到二楼，拉开玻璃拉窗，站在那里目送我离去，直到我过了拐角，房子遮挡再也看不到我。

我回头看她，她哭着站在那里。种种情景，种种声音，如幻影一般向我袭来，痛苦地击中了我。

"这里也没有名片，到底是扔在哪儿了呢？"我自言自语道。

我关上了这个箱子——这个只要将两边合上就能自动锁上的木箱。随着"咔嚓"一声金属声落，箱子自动上了锁。我把锁好了的箱子横着扔出去，在心里静静地喊道——

"朱雨亭！朱雨亭！"

这一句其实喊的是她的名字，我与她之间的一切，以及我所有的过去，还有现在正在发生的转变。

回过神来时，我已经端坐在蚊帐的一角了。我感到一种前所未有的舒畅。

就这么一直端坐着，一边感受着平时绝对听不到的时间之翼在我们上方飞走的声音，一边隔着蓝色的蚊帐注视着因久未清扫而积尘的房间一角。